기억나지 않아도 유효한

기억나지
않아도
유효한

해이수
에세이

mujintree
뮤진트리

차례

하나 ____ 바다의 여러 얼굴

둘 ____ 기억나지 않으나 상당히 유효한

윤우, 윤하에게

너희가 있어서 세상을 더 넓고 깊게 보았지.

하나 ——

바다의 여러 얼굴

거대한 곡선의 회항

호메로스의 서사시 『일리아스』와 『오디세이아』는 서양에서 본격 기록문학의 효시로 알려져 있다. 이전에는 시인이나 가수가 구전되는 이야기를 암송하여 청중에게 들려주었다. 기원전 700년경 지중해를 항해하는 오디세우스의 모험을 이 작가가 서술한 이후 우리는 인생을 가리키는 두 개의 선명한 메타포를 얻게 되었다. '여행'과 '바다'가 그것이다.

동서양을 막론하고 대개의 현자와 영웅은 집 밖으로 쫓겨난다. 자의든 타의든 안락한 마을과 익숙한 관계를 떠나 길 위로 내몰린다. 큰 인물이 된다는 건 지금의 작은 나를 버려야만 가능하기 때문이다. 내가 여전히 나로 남아 있는 상태에서는 자신은 물론이고 남도 바꿀 수 없다. 현자와 영웅은 스스로 변화 발전한 내공으로 타인을 변화 발전시킨다. '항해'는 이 여행과 바다가 접목되어 변화무쌍한 과정에 방점을 둔 어휘다.

트로이전쟁을 마친 오디세우스가 아내와 아들이 기다리는 섬 '이타카'에 닿기까지는 무려 10년의 세월이 걸린다. 때로는 사랑에 빠지고, 때로는 괴수들과 싸우며, 때로는 유혹의 난관에 봉착한다. 암초에 걸려 좌초되고 폭풍을 만나 휩쓸리기도 한다. 너무 길이 많은 망망대해에서 길을 자주 잃는 행태가 우리의 인생과 닮았다. 그러나 온갖 역경과 시련에도 불구하고 오디세우스의 나침반은 늘 '이타카'를 가리켰다. 그가 살아서 닿아야 할 곳, 끝내 도달해야 할 그의 목적지이자 이상향, 이타카.

내게는 문학을 머리 위에 높이 두고 숭배하던 시절이 있었다. 좋은 작품을 읽으면 행복했지만 한편으로는 이런 글을 내가 쓸 수 있을까 하는 의혹과 좌절에 시달렸다. 악마가 다가와 명작을 쓰게 해주는 대신 내 수명에서 20년을 떼어가겠다고 속삭이면 기꺼이 바칠 의향마저 있었다. 이십대 초반의 정열과 치기였겠지만 그때는 창작에 대한 열망이 그만큼 절절했다.

마침내 작가가 된 건 결혼을 하고 시드니로 유학을 떠난 이십대 후반이었다. 성혼식에 선 남자가 일생 중 한 번쯤 듣게 마련인 '전도유망한 인재'라는 주례사를 나는 듣지 못했는데, 당시 신분이 고작 '소설 습작생'이었기 때문이다. 당선 소식을 듣고 나는 시드니 항구를 날이 저물도록 배회했다. 남태평양 수평선 너머로 가라앉는 배들을 오래 바라보았다. 그리고 바닷바람에 시린 눈을 깜빡이며 내 문학이 도달해야 할 이상향에 대해 생각했다.

비록 해외에 있었지만 등단 후 1년 동안 나는 의욕적으로 집필활동을 했다. 네 편의 단편소설을 문예지에 발표하고 매주 한 번씩 대학신문에도 칼럼을 썼다. 나름 온 힘을 짜내며 전력투구를 한 셈인데, 1년이 지난 후 수입을 모두 셈해보니 일반 직장인의 한 달 수입에도 못 미쳤다. 그래도 그렇게 5년을 버텼다. 곧 멋진 일이 생기거나 대박이 터져서 삶의 전기轉機가 마련될 거라 믿으며 글을 쓰던 미망迷妄의 시간이었다.

5년간의 해외생활을 마치고 귀국했을 때 아내와 나는 떨어져 지낼 수밖에 없었다. 우리는 함께 거주할 공간을 마런하지 못해 각자 몸을 의탁하며 일자리를 구하고 살길을 모색했다. 가장으로서 거처를 구하지 못하고 아내를 친정으로 보낸 부끄러움은 고개를 들지 못할 정도였다. 결국 나는 서울 강남의 영어학원에 면접을 보고 강사 자리를 따냈다. 소설은 잠시 묻기로 했다.

면접을 마치고 돌아오던 날 잡지사에 근무하는 대학 선배가 나를 찾았다. 사진기자와 함께 시드니의 명소 열 군데를 취재하여 소개하는 일감을 주었다. 모두 내가 잘 아는 곳이어서 눈을 감고도 쓸 수 있었다. 집필 분량은 단편소설 한 편 정도에 지나지 않았다. 겨우 일주일간의 작업이었는데, 원고료가 등단 첫해 수입보다 많았다.

인천공항에서 호주행 비행기를 기다리는 심정은 서글프고 막막했다. 다소 감상적인 표현을 하자면 나는 먹고살기 위해 문학을 등진 배교자와 다름없었다. 보통 집을 나설 때는 책을 지참하는데, 그때는 소설을 접어야겠다는 생각에 단 한 권의 책도 가져오지 않았다. 오래된 습관을 버리지 못해 나는 공항서점 앞에서 망설이다가 환승 대기시간을 떠올리고 책을 구입했다. 곧 비행기는 거대한 부메랑처럼 곡선을 그리며 몇 달 전 내가 떠나온 자리로 회항했다.

중간 기항지는 싱가포르였다. 3시간을 기다렸다가 갈아
타야 했다. 공항 한쪽 맥도널드에서 빅맥버거를 한입 베어
물고 책 첫 장을 넘기니 시 한 편이 나왔다. 제목이 '이타
카'였고 알렉산드리아 출신의 그리스 시인이 100여 년 전
에 쓴 것이었다. 그런데 첫 줄을 읽자마자 나는 뒤통수를
호되게 얻어맞은 것처럼 얼얼했다.

언제나 이타카를 마음에 두라.
네 목표는 그곳에 이르는 것이니.
그러나 서두르지는 마라.
비록 네 갈 길이 오래더라도
늙어져서 그 섬에 이르는 것이 더 나으니.
길 위에서 너는 이미 풍요로워졌으니
이타카가 너를 풍요롭게 해주길 기대하지 마라.

그야말로 예상치 못한 일이었다. 마치 내 상황을 알고
기다렸다는 듯 무려 100여 년의 시간을 거슬러 그 시인이
내 귓가에 위로의 시 한 편을 낭송하는 것 같았다. 갑자기
눈앞이 뿌옇게 흐려지며 글자가 아른거렸다. 마지막 2연을

읽을 때는 입에서 뜨거운 흐느낌이 새어 나왔다.

이타카는 너에게 아름다운 여행을 선사했고
이타카가 없었다면 네 여정은 시작되지도 않았으니
이제 이타카는 너에게 줄 것이 하나도 없구나.

설령 그 땅이 불모지라 해도, 이타카는
너를 속인 적이 없고, 길 위에서 너는 현자가 되었으니
마침내 이타카의 가르침을 이해하리라.

지금 떠올려도 민망할 만큼 나는 이국의 공항 패스트푸드점에서 잇자국이 남은 햄버거를 앞에 두고 눈물을 철철 흘렸다. 창작의 길 위에서 너는 이미 풍요로워졌으니 소설이 너를 풍요롭게 해주길 기대하지 말라는 전언은 따끔하고 따뜻했다. 시드니 취재 중 어느 저물녘 나는 시간을 내어 항구에 나갔다. 어두운 바다 저 멀리 등대의 불빛들이 깜빡거렸다. 그 깜빡거림은 내 문학의 이타카를 꿈꾸던 시절을 잊지 말라는 절박한 신호로 다가왔다.

취재를 마치고 귀국한 후에 영어학원에서 몇 번 전화가

걸려왔지만 나는 받지 않았다. 그리고 서랍 깊숙이 묻어둔 원고를 다시 꺼내 쓰기 시작했다. 그 후로 나는 창작 행위를 경제적 수치로 환산하는 태도를 버렸다. 그 태도를 버리자 놀랍게도 걱정하던 일들이 순조롭게 풀려나갔다. 마침 모교에서 시간강사 자리가 들어와서 이 사회의 구성원으로 첫발을 떼었다.

이 일을 통해 나는 『오디세이아』가 일찍이 포착한 인생의 섭리 몇 가지를 알게 되었다. 우리가 중요한 것을 잊고 지낼 때 인생은 '회전방식'으로 사람을 훈육한다는 것. '한 바퀴 돌리는 얼차려'로 가장 중요한 자리를 되짚고 오게 만든다는 것. 육체의 고달픔으로 정신의 신성함을 일깨운다는 것. 어렵고 숭고한 뜻을 품었으나 미욱한 자일수록 그 회전의 낙차와 시간은 크고 길다는 것까지도.

미얀마 바닷가 마을에서

지난겨울 한 방송사에서 미얀마에 관한 4부작 다큐멘터리를 찍자는 뜻밖의 제안을 받았다. 방송 경험이 없는 내게 이런 섭외를 하게 된 데는 미얀마를 무대로 쓴 소설이 크게 작용했음을 알게 되었다. 몇 해 전 '탑의 도시 바간'을 배경으로 한 중편소설을 연재했는데, 제작진에서 그 글을 인상 깊게 읽은 모양이었다.

중편소설을 연재하기 직전 일주일의 바간 취재를 마치던 날 나는 걱정이 태산이었다. 귀국하면 다섯 과목의 강의를 하며 매달 원고지 100매 분량의 글을 발표해야 했다. 사원에서 납작 엎드려 절을 하는 동안 이마에서 땀방울이 뚝뚝 떨어졌다. '쓰려는 글을 반드시 완성하게 하소서! 기회가 된다면 이 땅에 꼭 다시 오게 하소서!' 결론적으로 그렇게 완성한 글을 읽은 누군가가 나를 다시 미얀마로 부른 것이다.

한겨울에 장롱 깊숙이 넣어둔 여름옷을 꺼내 행장을 꾸리는 중에는 덜컥 겁이 났다. 텔레비전 촬영이라곤 오래전 국영방송사의 낭송 프로그램에 나가서 FD에게 혼났던 게 전부였다. 어린 친구의 꾸지람이 어찌나 강렬하던지 그 뒤로는 섭외가 들어와도 이 핑계 저 핑계를 대고 빠져나가기 일쑤였다. 더욱이 이번 다큐 촬영은 21박 22일의 여정이었다.

미얀마의 국토 면적은 우리나라의 여섯 배에 달하는데, 촬영은 북부에서 남부까지 종단하며 이어졌다. 이 길을 간략히 요약하면 그곳 사람들의 매력에 흠뻑 빠진 시간이었다. 한국에서는 누군가를 눈여겨보고 마음을 열어야만 간신히 그 사람과 친해질 수 있는 데 비해, 이곳에서는 자연스럽게 마음이 열렸다. 아니 마음을 환하게 열어놓고 사는 사람들 사이에서 지내다 보니 나도 환히 열리게 되었다.

그 어떤 음식점에 들어가도 그들은 대가 없이 차茶를 내주었다. 목마른 이들을 위해 길목 곳곳에 놓여 있는 항아리에 물 공양을 하고 낯선 이들이 서성이면 선뜻 의자를 내주었다. 우리의 옛날 시골 인심이 그곳에서는 지금도 고스란히 일상으로 유지되고 있었다. 내가 여러 차례 NG를 내고 그늘에 앉아 땀을 닦으면 어른, 아이 할 것 없이 과일과 음료를 건네주었다. 물질적으로는 우리보다 비교할 수 없을 정도로 가난하지만 아무런 조건 없이 나눌 줄 아는 여유가 놀라웠다.

파테인에서 배로 10시간 걸리는 차웅와 다드공 마을은 마지막 촬영지였다. 뱅골만을 마주한 바닷가 마을은 전기와 수도가 들어오지 않았고 외국인은 오직 우리 일행뿐이었다. 기온이 높고 햇볕이 강렬하여 몇십 분 걷자 어지럼증이 일었고 관광 책자에도 나오지 않는 곳이어서 별다른 정보가 없었다. 빼어난 건축물도 없고 유서 깊은 장소도 보이지 않았다. 다음 날 아침 일찍 미얀마를 떠나야 했는데, '방송 분량'을 뽑을 데가 없어서 제작진의 얼굴이 어두웠다.

마을을 걷다가 공동 일터에서 옹기종기 모여 앉은 아주머니들을 발견했다. 남자들이 새벽부터 잡아 온 생선을 손질하여 말리는 작업이 한창이었다. 그들은 작은 칼로 생선 대가리를 자르고 배를 갈라 내장을 빼내면서도 전혀 지쳐 보이지 않았다. 농담을 주고받으며 박장대소하고 노래를 부르며 노동의 고단함을 장난스러운 유희로 바꾸었다.

작업을 마치자 아주머니 중 한 분인 '떤위' 씨가 나를 자기 집으로 초대했다. 나무로 기둥을 세우고 대나무를 엮어 벽을 댄 집은 단출하기 그지없었다. 돗자리를 깐 마룻바닥과 한쪽에 차려진 불단 외에는 이렇다 할 세간이 없었다. 그녀는 집에서 바람이 가장 잘 드나드는 곳에 나를 앉히고 차를 내왔다.

내가 차를 마시며 더위를 식히는 동안 그녀는 숨도 돌리지 않고 부엌으로 들어가 프라이팬에 기름을 붓고 말린 생선을 튀겼다. 그 누구도 그녀에게 생선을 튀겨달라고 하지 않았기에 약간은 의아한 일이었다. 인터뷰 중에 이렇게 말린 생선을 어떤 방식으로 먹느냐고 물었던 형식적 질문이 전부였다.

생선튀김은 비린내 하나 없이 고소하고 식감이 풍부했다. 쥐포보다는 담백했고 멸치보다는 식감이 풍성했다. 내가 감사를 표하자 그녀는 환하게 웃으며 오히려 자기 집에 찾아와줘서 감사하다고 했다. 누추한 곳이라 대접할 게 이것밖에 없어서 미안하다며 오히려 부끄러워했다. 그것은 그 어떤 약속된 연출도 아니었고 즉흥적 연기도 아니었다.

내가 생선튀김을 맛있게 먹자 띤위 씨는 자리에서 슬며시 일어나 부채를 가져왔다. 그리고 말없이 부채질을 해줬다. 할머니나 어머니, 누이 같은 피붙이조차 해줄까 말까 한 부채질을 그녀는 낯선 외국인에게 아무 거리낌 없이 해줬다. 사실 종일 일을 하고 조금 전까지 끓는 기름 앞에 있었던 사람은 그녀였다. 나는 순간 울컥 목이 메어 무릎을 꿇었다. 그리고 그녀에게서 부채를 빼앗아 부채질을 해줬다. 할머니, 어머니, 누이에게도 해주지 못한 것을 나는 처음 만난 어촌의 아낙에게 진심으로 해줬다.

바닷가에서 힘든 노동을 하면서도 해맑게 생활하고 없는 살림에도 손님 대접을 깍듯이 하는 모습은 그 자체로 감동적이었다. 그곳에서는 역사적 유물이나 유적보다는 바로 사람의 진심이 '방송 분량'이었다. 손을 흔들고 마을을 떠나는데 커다란 물음표가 눈앞에서 떠나지 않았다. 우리의 눈에는 아무것도 가진 게 없어 보이는데, 어쩌면 저렇게 걱정 없이 살아간단 말인가. 결국 걱정이란 생기는 게 아니라 스스로 만드는 게 아닐까?

빛나는 수평선

서른이 다 되어 시작한 시드니 유학생활은 중압감의 연속이었다. 내가 재학했던 대학원의 언어학부 유학생들은 대다수가 개발도상국의 국가장학생들이었다. 한 과목의 수강생이 대략 열한 명이면 아홉 명의 국적이 달랐다. 수업은 혹독하고 잔인했다. 열한 명 중 대여섯 명이 'F학점'을 받는 일이 흔해 한 학기가 끝나면 겨우 익힌 얼굴들이 소리 없이 사라졌다. 아무에게도 말하지 않았지만 나는 리포트를 쓰며 자주 울었다.

다행스럽게도 시드니는 해안도시였다. 시드니의 아름다움은 오페라하우스나 하버브리지가 아니었다. 바로 바다와 하늘이었다. 특히 나는 본디비치에서 브론테비치를 거쳐 해안 묘지에 이르는 산책로를 가장 사랑했다. 길게 이어진 파식애波蝕崖를 따라서 걷다 보면 수평선과 눈높이가 같아서 푸른 물결이 시야에 찰랑찰랑했다. 해질녘이면 그 수평선 너머로 큰 배들이 가라앉았고 7월이면 그 수평선을 따라서 고래 떼들이 퀸즐랜드 쪽으로 이민을 갔다.

처음 대학원 합격증을 받고 그 길을 걸었을 때는 가슴이 한껏 부풀어서 이런 생각으로 가득했다. '그토록 갈망해도 환경이 허락하지 않아서 유학을 떠날 수 없는 많은 사람이 있다. 나는 그런 다수의 염원을 대표해서 이곳에 와 있다. 그러니까 나는 일종의 국가대표인 셈이다. 국가대표가 게임에서 패배하지 않기를 바라듯 나의 최선과 승리가 곧 국가의 위신이다!'

그런데 시험 기간이 가까워지고 리포트 제출 마감이 다가올수록 나는 맥없이 흔들리기 시작했다. 몇 걸음마다 한숨이 나오고 고개가 자주 툭툭 떨어졌다. 국가대표 의식은 온데간데없었고 스스로에 대한 의구심만 들끓었다. '별로 대단하지도 않은 재능으로 내가 너무 욕심을 부리는 건 아닐까? 다른 사람이 했더라면 훨씬 더 잘할 수 있었을 일을 지금 내가 망치고 있는 건 아닐까!' 바다를 곁에 두고 걸었지만 바닥을 보느라 아무것도 눈에 들어오지 않았다.

그런 고민을 거듭하던 어느 날 나는 데이비드 호킨스의 『의식혁명』을 읽다가 인상 깊은 메시지를 발견했다. 일면 평범하게 보일 수 있는 문장이었는데, 유독 머릿속에 불이 번쩍 들어왔다.

주위를 돌아보라. 당신은 당신이 원했고 선택한 삶을 지금 살고 있다.

앞으로 어떤 삶을 원하는가? 그것은 당신의 선택에 달려 있다.

키워드는 '선택'이었다. 앞으로의 삶을 선택할 수 있다는 말은 지금의 감정 또한 선택 가능하다는 것으로 풀이됐다. 그날 이후 나는 산책로를 걷다가 다리가 아플 때면 중간에 주저앉아 바람을 맞으며 쉬었다. 그리고 수평선을 바라보며 '어휘 선택 놀이'를 했다.

일단 머릿속에 백지 한 장을 펼치고 선을 양분한다. 내가 처한 불우한 상황을 왼편에 열거하고 그 맞은편에는 극복할 수 있는 단어들을 선택하여 열거한다. 예를 들면 '수동적인/주도적인, 조급한/인내하는, 두려운/용감한, 포기하는 / 완수하는…' 식으로 진행한다. 내 삶과 내 감정의 주인은 결국 나일 수밖에 없으므로 나는 가능하면 좋은 단어를 고른다. 어쩔 수 없는 상황에서 긍정의 단어를 집어 드는 것만으로도 큰 에너지를 얻을 수 있다.

마지막으로 눈을 감고 심호흡을 한다. 선택한 낱말들을 열거하면서 '주도적이고 인내하며 용감하게 완수하는 나의 모습'을 그려보는 것이다. 그렇게 상상 속에서 내가 고른 이미지를 만든 후에 눈을 뜨면 새로운 바다가 펼쳐지는 마술을 경험하게 된다. 이전과는 다른 수평선이 펼쳐지는 것이다. 어휘는 때로 천국과 지옥을 만들었다. 언어학을 전공했으나 정신과 어휘가 긴밀히 연결되어 있다는 사실을 나는 그제야 체험했다.

지금 나는 그 바다와 멀리 떨어져 있지만 그 바다를 보며 배운 것만큼은 기억하고 있다. 유학을 마치고 귀국한 후에도 나는 내가 원했고 내가 선택한 삶을 살고 있다. 앞으로 어떤 인생을 원하느냐고 누군가 묻는다면 그것은 나의 선택에 달려 있다. 나는 주어진 상황에서 가장 긍정적이고 제일 달콤한 낱말을 고를 것이다. 이것이 그 바다의 빛나는 수평선이 내게 눈을 맞추며 가르쳐준 비밀이다.

한 폭의 바다

요가 수련자들은 둥글게 말린 매트를 펼치는 순간 몸에 따뜻한 불이 들어온다. 고단한 하루를 마치고 이불을 펼치며 몸의 스위치를 내리는 일과는 반대되는 일이다. 요가 매트는 일반 성인이 겨우 똑바로 누울 수 있을 정도의 크기에 불과하다. 병풍 한 폭의 크기랄까. 그러나 그 위에서 수천 년간 이어온 천변만화千變萬化하는 움직임의 물결이 일어난다.

입장에 따라서 다양한 정의가 가능하겠으나 요가는 명상과 근력 운동의 접목으로 요약된다. 나는 개인적으로 요가를 '매트에서 하는 수영'으로 정의한다. 요가와 수영은 유사점이 상당히 많은데, 우선 정확한 자세가 요구되고 이를 지속해야 한다. 그리고 호흡과 동작에서 부드러운 일치와 조화를 이루어야 한다. 혼자 하는 운동이어서 고요한 듯이 보이지만 실은 치열하다. 무엇보다 힘을 주지 않으면서 힘을 주어야 효율이 높아진다. 그래야만 몸이 가벼워지는 부양감과 어딘가로 향하는 속도감을 즐길 수 있다. 따라서 수련자에게 매트는 한 폭의 바다다.

우리나라에서 요가에 대한 가장 큰 오해 중 하나는 '여성의 운동'으로 취급하는 점이다. 다이어트 혹은 예쁜 몸매 만들기에 좋다는 인식이 지배적이다. 그러나 요가는 지난 수천 년간 남성에서 남성으로 이어지던 운동이다. 미국에서는 요가 인구 600만 명 중 남성이 400만 명이나 된다. 현대 요가에서 마스터로 추앙받는 구루guru들의 절대다수 또한 남성이다. 흔히 몸을 비틀고 꼬는 동작에서 연상되는 유연성운동으로 취급받기 쉽지만 실제로는 많은 아사나 (Asana, 동작)들이 전신 근력 향상을 기반으로 하고 있다.

6년 전 처음 빈야사 요가와 아쉬탕가 요가를 접했을 때 나는 자동적으로 군복무 시절의 PT체조를 떠올렸다. 자세 명칭이 산스크리트어고 모양새가 다를 뿐 힘들고 불편한 동작으로 근육을 강화한다는 점에서는 그 목적이 일치한다. PT체조의 엎드려뻗치기, 쪼그려 앉아 뛰기, 무릎 구부리고 양손 들기보다 훨씬 섬세하고 복잡하게 고안된 아사나를 더운 실내에서 수련하는 일은 여느 훈련 못지않다.

그럼에도 불구하고 군대의 PT체조와 차이점을 들라면 강제성과 자발성에서 비롯될 것이다. 지금은 개선되었겠지만 오래된 기억 속의 PT체조는 징벌과 얼차려의 속성이 강한 데 비해, 요가는 그 과정 자체가 수련과 자기 계발이다. 물론 전선을 지키는 군인의 단체 훈련과 일상에서 취미로 하는 개인 운동의 영역이 다른 점은 분명히 감안해야한다.

인스트럭터의 태도에도 차이가 크다. 요가는 자신에게 무리가 되는 아사나는 하지 않아도 된다고 가르친다. 쉬운 동작을 선택하여 각자의 속도와 역량에 맞게 진행하고, 심지어 어려운 아사나는 건너뛰는 것도 가능하다. 심한 부상을 당한 운동선수나 참전 상이용사가 요가를 통해 건강을 회복하는 이유도 자발적으로 난이도를 선택한 덕분이다.

우월한 누군가와 경쟁하지 않고 스스로와 경쟁한다는 점도 이 운동의 큰 장점이다. 그런 까닭에 지난 6년간 나는 적지 않은 수강료를 내며 '자발적 징벌'을 받으러 요가원 문턱을 넘나들었다. 자발적으로 징벌의 난이도를 선택하라면 쉬운 동작을 선택할 것 같지만, 수련자는 본능적으로 어렵고 하기 힘든 레벨로 스스로를 올려놓는다.

요가원 안에서 나는 평생 흘릴 엄청난 양의 땀을 흘렸다. 특히 아쉬탕가 요가는 빈야사 요가에 비해 에너지 소모가 크고 고난도 동작이 요구된다. 빈야사 요가 수련 중에는 땀방울이 송골송골 맺혀 '주르륵' 흐른다면 아쉬탕가 요가 수련 중의 땀방울은 '후드득후드득' 떨어진다. 나뭇잎에 이슬이 맺혀 흘러내리는 모양새와 소나기의 차이랄까. 어떻게 이런 땀방울이 쏟아질까 신기할 정도로 매트가 흠뻑 젖는다.

아쉬탕가 요가는 선생의 지시에 맞추어 일정한 리듬 안에서 우짜이 호흡을 한다. '우짜이'는 승리를 거둔다는 뜻의 특별한 호흡법이다. 이 호흡을 하면 코로 공기가 들고나며 인후 뒤쪽에서 소용돌이치는 소리가 나는데, 수련자 수십 명이 동시에 호흡하는 소리는 마치 한꺼번에 밀려왔다 밀려가는 파도소리 같다. 아주 드물긴 하지만 수련 중에 흡사 나 자신이 파도가 된 듯 바다에서 물결치는 환각에 사로잡힐 때도 있다.

요가가 주는 큰 선물 중 하나는 바로 균형감이다. 아사

나의 연결은 몸의 위와 아래, 왼쪽과 오른쪽, 앞과 뒤, 겉과 안의 균형을 일깨운다. 구겨진 몸을 활짝 펴게 만들고 쓰지 않는 근육에 활기를 불어넣어 신체를 정돈한다. 장애를 뚫고 나가는 거센 힘이 아니어도 균형감만으로 어떤 일을 성사하고 완수할 수 있다는 자신감을 준다. 균형이란 균등한 정반대의 힘 안에 존재한다는 진리를 알게 한다.

또한 요가 수련은 정신 건강에도 매우 효과적이다. 우리는 정신을 매만질 수 없으니 몸을 통해 단련할 수밖에 없다. 밖과 안은 긴밀하게 연결되어 있으므로 외부 근육의 긴장과 이완은 내부 강화로 이어진다. 한 동작을 취하고 그다음 동작으로 연결하기까지는 상당한 집중력 없이는 불가능하다. 고도의 집중력을 발휘한 후에 찾아오는 정신과 정서적 안정감은 자기 본연의 임무와 소명을 재고하게 한다.

최근 들어 프로 운동선수들의 단련 프로그램에도 요가를 포함하는 일이 점차 증가하고 있다. 근력 확보와 유연성 증강, 스트레칭 효과와 마인드 컨트롤에 탁월하기 때문이다. 별다른 도구 없이 매트 한 장 펼칠 만한 공간이면 충분하다. 야외의 드넓은 공간뿐 아니라 선박의 협소한 실내에서도 진행할 수 있고 순서만 익히면 언제 어디서든 혼자서도 가능하다.

앞에서 요가를 '매트에서 하는 수영'으로 정의했지만 나는 이 정의를 더욱 확장하고 싶다. 요가는 바로 '자기 안의 바다를 찾는 몸짓'이라는 것. 우리 내면에도 엄연히 자갈밭이 있고 꽃밭이 있으며 모래 언덕이 있고 밀림이 있다. 요가는 수없이 몸을 접고 늘리고 굽혔다 펴며 우리 내면에 푸른 공간을 창조하는 작업이다. 지금 여기 둥글게 말린 매트 한 폭이 펼쳐진다. 나는 물이 없어도 자유롭게 팔다리를 늘리고 놀린다. 몸의 닫힌 빗장을 열어 빛과 공기와 파도를 불러들인다. 오늘도 내 안에서 더욱 깊어지고 넓어지는 바다를 찾는다.

바다의 여러 얼굴

해답의 바다

내게는 허물없이 지내는 소설가 친구가 한 명 있다. 이름이 박상朴祥인데, 캐릭터가 꽤나 유별나다. 작가들은 책날개에 자신의 저작물에 대한 이력을 적는다. 최대한 간결하게 적는 게 관례여서 대개 제목 정도이고 그나마도 대표작만 수록한다. 박상이 출간한 책날개에는 이런 문구가 쓰여 있다.

"2006년 동아일보 신춘문예에 「짝짝이 구두와 고양이와 하드락」으로 등단했으나 주목을 받지 못함. 첫 소설집 『이원식 씨의 타격 폼』 출간 후 더욱 주목받지 못함. 야심차게 중간문학을 표방한 첫 장편 『말이 되냐』를 출간 후

비로소 대중과 평단의 중간에도 못 끼는 작가가 됨."

알고 지낸 지 10년이 넘었지만 나는 여전히 그를 만나면 배꼽을 잡고 웃는다. 개그 프로그램을 보는 것보다 훨씬 재미있다. "이게 작가 약력이라니, 말이 되냐?" 하고 묻고 싶은 지경이다. 순전히 개인적인 판단이지만 나는 그를 한국문학사에서 '유머가 가장 저평가된 작가'로 생각한다.

한때 그와 나는 낮을 밤 삼아서 술을 마셨다. 사흘간 홍대 부근의 술집을 전전하며 돈이 떨어지면 다른 작가들을 불러내 통음을 이어간 적도 있었다. 당시 우리는 책을 두 권씩 낸 상태였는데, 무언가를 끝냈다는 후련함과 앞으로 시작될 두려움 사이를 오락가락했다. 한마디로 계속 글을 쓰며 살아갈 수 있을지 자신 없던 시기였다.

하루는 그가 사라졌다는 소식이 들렸다. 동료들은 박상의 행방을 내게 물었다. 전화를 해도 연결이 되지 않았다. 일주일 후 그와 연락이 닿았을 때 나는 평소처럼 조용히 물었다.

"그동안 어떻게 지냈나?"

그는 착 가라앉은 목소리로 대답했다.

"강릉에 다녀왔네. 바다가 보고 싶어서."

"무슨 문제가 있었나 보군."

어려운 상황에 봉착할 때마다 그가 바다에 가는 습성을 나는 알고 있었다. 청탁받은 소설의 데드라인을 한참이나 넘겼는데도 도무지 쓸 수가 없어서 훌쩍 떠났다고 그는 설명했다.

"바다가 어떤 해답을 주던가?"

"다행히도 정답을 주더군."

그는 폭풍이 몰아치는 늦여름 바다를 사흘간 바라봤다고 했다. 그리고 사흘째 되던 밤, 어둠 속에서 바다의 목소리를 들었다는 것이다.

"그래, 어떤 정답을 듣고 왔나?"

"바다가 집채만 한 파도를 몰고 오며 귀먹도록 고함을 치더군."

"호, 그래? 뭐라고?"

그는 수화기 너머에서 있는 힘껏 소리를 질렀다.

"빨리 가서 써!"

박상은 그 길로 돌아와 묵묵히 타이핑을 시작하여 원고를 마쳤다고 했다. 책상에 앉아 있기 싫어 도망간 바다에서 그는 다시 책상 앞으로 돌아가라는 준엄한 명령을 받은 것이다. 해답은 때로 단순하다. 그는 "바다를 봤다"고 말했지만 나는 "마음을 들었다"로 해석했다.

인식의 바다

바다가 '해답' 혹은 '인식'의 이미지를 내포한다는 걸 알게 된 계기는 이문열의 장편소설 『젊은 날의 초상』이었다. 고등학교 1학년 겨울, 나는 밤 10시에 자율 학습을 끝내고 학교 앞 서점에 들러 그 책을 구입했다. 12월이었고 학기말 고사 기간이었다. 딱 30분만 책을 읽고 다음 날 시험을 준비할 계획이었다.

그 밤 나는 때로는 미친 듯이 웃고 때로는 서글픈 듯 울며 소설의 문장을 마음에 담았다. 마침내 새벽에 책장을 덮었을 때 나는 터질 듯한 가슴을 주체하지 못하고 방을 뛰쳐나가 맨발로 아파트 현관문을 열어젖혔다. 밖에는 함박눈이 펑펑 쏟아지고 있었다. 눈이 쌓인 복도 이쪽 끝에서 저쪽 끝까지 나는 발이 시린지도 모르고 몇 번을 뛰어다녔다.

소설의 주인공인 대학생 '영훈'은 절망과 좌절을 겪은 후 학교를 벗어나 긴 여행에 들어선다. 그는 우여곡절 끝에 겨울의 창수령을 넘어 이윽고 조그만 바닷가 어촌, 대진에 당도한다.

바다, 나는 결국 네게로 왔다. 돌연한 네 부름은 어찌 그렇게도 강렬했던지. 지난 며칠, 너는 갖가지 모습으로 나를 손짓하고 수많은 목소리로 나를 불렀다.

포효하는 바다와 갈매기를 바라보며 영훈은 삶에 대해 새로운 눈을 뜨게 된다. 그것은 스스로가 "거대한 허무와 절망의 파도에 의지해 떠 있는 가엾은 존재"일 뿐이라는 자각인데, 인생이 설령 그러하더라도 포기할 수 없다는 결론에 도달한 것이다.

작가는 '구원'이란 것이 절대자를 포함한 타인에 의해 이루어지는 것이 아니라 스스로에 의해 행해진다는 것을 설득력 있게 그려냈다. 주인공은 그곳에서 목숨을 끊으려고 늘 가방에 넣고 다니던 독약병을 유서와 함께 바다에 던져버린다. 이 장면에서 여전히 회자되는 명문장이 나온다.

그러나 갈매기는 날아야 하고 삶은 유지돼야 한다. 갈매기가 날기를 포기했을 때 그것은 이미 갈매기가 아니고, 존재가 그 지속을 포기했을 때 그것은 이미 존재가 아니다. 받은 잔은 마땅히 참고 비워야 한다. 절망은 존재의 끝이 아니라 진정한 출발이다….

다음 날부터 나는 급격히 말수를 잃어갔다. '수업 시간에 떠드는 아이'에서 '구석에 짱박혀 책 보는 아이'로 돌변한 것이다. 밴드 '푸른하늘'의 〈겨울바다〉라는 노래를 들으면 진눈깨비 흩날리는 인적 없는 포구에서 바위에 기대어 우는 청년이 떠올랐다. 깨달음은 관조나 묵상에서 오는 것이 아니라 대개 비명과 절규에서 온다는 사실을 감지한 것도 그 무렵이다.

작중인물이 눈 덮인 산을 넘어 마지막으로 도착한 장소가 다름 아닌 바다라는 사실은 얼마나 심오한가. 두 발로 더는 나아갈 수 없는 끝의 지점, 그러나 둥글게 펼쳐진 수평의 공간에서 맞이한 새로운 세계. 그곳에서 뒤로 돌아서는 순간, 그에게 그곳은 종착지가 아니라 출발점이 되었다.

본연의 바다

2013년 10월 초순 나는 보길도에 있었다. 몽돌해변에 주저앉아 하염없이 파도에 밀리고 쓸리는 몽돌 구르는 소리를 들었다. 나이는 마흔으로 접어들었고 3년째 붙들고 늘어진 첫 장편소설 『눈의 경전』 출간이 생각대로 풀리지 않아 마음이 불구덩이 같았다.

피서철이 지난 남단의 섬은 인적이 없어서 적막했다. 오랜 세월 물살에 닳은 몽돌은 각진 데 없고 모난 곳 없는 유리구슬 같았다. 그 탐스러운 구슬들은 물살에 몸을 맡긴 채 서로 부딪치며 천진난만하게 굴러다녔다. 그 소리는 즐겁게 재잘대는 노래 같았다.

두 해 전 봄, 소설에 몰두하겠노라며 대학에 사표를 내고 나올 때의 목표대로라면 장편은 연재를 마치고 벌써 출간되고도 남았어야 했다. 그러나 연재 지면은 사라지고 출간은 미루어져 원고지 1000매 분량의 글은 오갈 데 없이 표류 중이었다. 그사이 태어난 둘째 딸아이는 강보에 싸여 있었다.

4대 보험이 적용되고 오후 5시에 퇴근하던 대학 교직원 자리를 왜 박차고 나왔는지는 스스로도 모를 일이었다. 원고를 붙든 채 지난 3년 동안 우여곡절을 거치며 버텼지만 4인 가족의 가장으로서 앞으로 전전긍긍할 시간이 까마득했다. 방향을 잃고 표류하는 건 원고가 아니라 바로 나였다.

그 자리에서 나는 가을 점퍼를 벗어 던졌다. 햇살이 의외로 뜨거운 오후였다. 처음에는 속에서 치솟는 불길이 답답하여 상의만 탈의하려 했으나 위를 벗자 곧 아래까지 훌훌 벗고 말았다. 그리고 알몸이 되어 바다로 천천히 걸어 들어갔다. 주위에 한 사람만 있었더라도 나는 그렇게 하지 못했을 것이다.

햇볕에 데워진 몽돌 탓인지 물은 그리 차갑지 않았다. 아니 아주 아늑하고 포근하기까지 했다. 방금 전까지의 고민은 사라지고 기분이 좋아졌다. 나는 한껏 자유로운 몸놀림으로 자맥질을 했다. 물 밖에 있을 때와 물속에 있을 때가 놀라우리만치 달랐다.

50미터 전방에 바위섬이 보였다. 파도가 거의 없어서 그곳까지 어렵지 않게 도달할 수 있을 듯했다. 나는 수면 위로 머리를 내놓고 수평선을 눈에 담으며 천천히 양팔을 놀리고 두 다리를 오므렸다가 벌렸다. 갑자기 머리에서 의문이 들었다.

'나는 이 바다에서 표류하고 있는가, 아니면 흘러가고 있는가?'

분명히 알고 있는 한 가지는 이런 고민을 이십대와 삼십대에도 무수히 했다는 점이다. 돌이켜보면 단 한 번도 분명한 시절이 없었다. 이십대는 열심히 페달을 밟았지만 매번 한 발짝도 나간 것 같지 않은 공회전의 시기였다. 삼십대는 열심히 노를 저었으나 목표점과는 멀어지는 듯한 표류의 시기였다.

숨을 몰아쉬며 바위섬에 발을 딛고 올라섰을 때 나는 삶의 패러다임을 바꿔야 한다는 걸 절감했다. 시각을 바꾸지 않으면 그 대상은 영원히 바뀌지 않으므로. 육지에서 이쪽을 보면 섬이지만 바다에서 육지를 보면 그곳 역시 거대한 섬에 지나지 않으므로. 그러고 보니 나는 바다에 있었고 이 세상은 바다에 뜬 섬이었다.

나는 발가벗은 채 그 바위섬에 앉아 물을 뚝뚝 흘리며 '바다의 일'에 대해 생각했다. 바다는 햇빛을 반사하며 아무 말 없이 어디론가 천천히 흘러가는 듯 보였다. 그러자 환한 빛 한 줄기가 허공을 빠르게 가르고 지나가듯 간명한 문장 한 줄이 떠올랐다.

"흘려보내는 것이 바다의 일이다!"

혹자가 듣기엔 별다를 것도 없는, "바다의 일이란 그저 흘러가고 흘려보내는 것"이란 문장에 나는 흥분하여 무릎을 치고 두 주먹을 불끈 쥐었다. 돌이켜보면 바다에 관한 글들은 바다를 관찰자의 마음 거울로 삼거나 연구 분석의 대상으로 삼는 게 일반적이었다. 다시 말하면 관찰자가 주체가 되고 바다는 비주체화되는 경향이 강했다.

그러나 바다를 주체로 보면 바다의 일은 그저 흘려보낼 뿐이었다. 산소와 양분을 이동하여 먹이사슬을 유지하고 그 안의 생명체들이 그들 방식대로 역동하도록 한다. 바다가 고정되거나 멈춰 있다면 이 모든 과정과 연계는 파괴되고 만다. 따라서 바다는 이편과 저편을 들고나는 거대한 통로로써 이 세계를 순환하고 꽃피우는 일에 큰 역할을 담당하는 것이다.

곧이어 『금강경』에서 말하는 '대나무 피리'가 떠올랐다. 대나무 피리 자체는 그 자신의 노래를 갖고 있지 않다. 입김이 흘러갈 수 있도록 위아래가 뚫려 있고 순수하게 비어 있을 따름이다. 다만 바람을 흘려보낼 뿐 피리는 선율을 판단하거나 선택하지 않는다. 연주자가 그 흘려보내는 빈 몸을 통해 입김과 손놀림으로 소리를 일으켜 듣는 이의 귀에 닿게 하는 것이다.

나는 곧 그 문장을 '흘려보내는 것이 마흔 살이다'로 전환했다. 이십대와 삼십대의 삶이 공회전과 표류의 시기라면 사십대는 흘려보내는 시기로 정의를 내렸다. '흘려보냄'은 언뜻 수동적으로 들리지만 깊이 들여다보면 자연스러운 운동성을 내포하고 있다. 얽매이지 않고 오히려 비워짐으로써 채워지는 인생을 희구하는 것이다.

목표란 대개 인위적이다. 그 인위적으로 정한 목표에 도달하지 못하면 인생은 표류하기 쉽다. 주요 군사작전이나 핵심 프로젝트를 제외하곤 우리가 목표한 시간과 장소에 정확히 도달하도록 삶이 설계되어 있지 않기 때문이다. 목표에 인생을 억지로 끼워 맞추기 시작하면 매일 매시간은 패배의 순간에 지나지 않는다.

멀리서 어선 한 척이 엔진소리를 내며 지나갔다. 나는 발가벗은 채 자리에서 일어나 두 팔을 번쩍 들고 어깨를 출렁대며 크게 소리쳤다.

"나는 바다! 흘려보낸다! 흘려보낸다!"

그리고 숨을 한껏 들이마시고 물속으로 다이빙을 했다.

물속은 깨끗하고 아늑했다. 깊은 물 속은 구별이 없고 경계가 없었다. 잠영潛泳을 하며 나는 속으로 말했다.

'흐르는 것만으로도 큰 운동성을 발휘한다. 본연의 바다를 닮으면 본연의 내가 된다. 정처 없이 떠돌지 않기 위해 나는 바다가 된다. 흘려보내자!'

나는 그렇게 한참을 물속으로 헤엄치다가 물 밖으로 솟구치듯이 머리를 내밀었다. 구름 한 점 없는 하늘이 깨끗했다. 몽돌해변에 앉아 있다가 돌아갔으면 전혀 만나지 못했을 환한 세상이 펼쳐져 있었다.

저 파도를 건너오는 새로운 적

물 위에서 죽음에 죽음을 잇대어가며 파도처럼 달려드는 그 무수한 적병들의 적의의 근본을 나는 알 수 없었다. 그 죽음의 물결은 충忠이나 무武라기보다는 광狂에 가까웠다.

지난 8월 그린피스 동아시아 서울사무소가 제기한 일본 후쿠시마 고준위 방사성 오염수 방류 계획을 접한 순간 나는 모골이 송연했다. 오염수의 양은 100만 톤이 넘었다. 이제는 운행이 정지된 원자력발전소의 차가운 구조물과 끝없이 늘어선 대형 저수탱크가 드론 카메라에 잡혀 송출됐다. 긴장된 표정의 아나운서와 심각한 얼굴의 기후에너지 캠페이너의 설명이 이어질 때 화면 한쪽에서는 태평양이

출렁거렸다.

표정 없는 바다…. 김훈의 소설 『칼의 노래』에서 앞의 대목이 떠올랐다. 임진왜란 당시 저 바다를 건너 조선으로 끝없이 몰려오는 왜적과 맞서야 하는 작품 속 이순신의 내적 고백은 용장이나 지장, 덕장이나 맹장의 것과는 사뭇 거리가 멀었다. 차라리 알지 말아야 할 것을 알아버린 허무한 시인에 가까웠다. 이제 전란은 과거에 있지 않고 미래에 있지 않고 바로 브라운관 앞에 있었다.

나는 그 후로 지인들과의 술자리가 무르익으면 후쿠시마 원전의 오염수 방류에 관한 얘기를 슬쩍 꺼내곤 했다. 대개 사람들은 '방사능'에 대한 관심이 '명왕성'에 대한 관심보다 적었다. 앞으로 우리는 해산물과 생선회를 먹지 못하게 될지도 모른다고 우려를 비추면 과장된 비관주의자 취급을 받았다. 그러나 내막을 자세히 들여다보면 과장도, 비관도 아닌 난감한 현실이 눈앞에 펼쳐진다.

2011년 3월 11일 일본 동북부지방을 관통한 지진과 쓰나미로 인해 후쿠시마 제1원전의 원자로 4기가 붕괴되면서 일본과 태평양 수천 제곱킬로미터 지역이 오염된 건 알려진 사실이다. 붕괴된 원자로가 남아 있는 시설에는 지하

수가 하루 최대 170톤씩 유입되어 오염되는데, 도쿄전력 TEPCO은 지하 배수로를 뚫거나 지하수를 뽑아내긴 했지만 흘러드는 양을 줄이지는 못했다. 태풍까지 불어닥치면 유입량은 더 늘어난다. 도쿄전력은 2014년부터 원자로 둘레에 빙벽 설치를 시작했으나 이 작업은 초기부터 실패를 거듭했다.

지난해 9월 28일 도쿄전력은 스트론튬 등 방사성 오염수 80만 톤 이상을 1000개 저장탱크에 분산 보관하고 있다고 발표했다. 보관 중인 오염수는 해양 배출 허용 안전 기준보다 높은 수준의 방사성 물질을 함유하고 있다. 심지어 정화 처리한 오염수 6만 5000톤에는 방사성 동위원소인 '스트론튬 90'이 안전 기준보다 100배나 많이 발견됐다. 일부 저수조는 오염 수준이 안전 기준의 2만 배에 이른다. 결국 도쿄전력은 지난해 9월 ALPS 시스템 등의 처리방식을 적용하여 해양으로 배출하는 오염수의 방사성 수준을 규제 허용치 이하로 떨어뜨리는 데 실패했음을 인정했다.

숀 버니 그린피스 독일사무소 수석원자력전문가는 후쿠시마 원전 사고 8주년을 앞두고 조사한 실태보고서 「도쿄전력의 방사성 오염수 위기」를 2019년 1월 22일에 발표했다. 이 보고서의 핵심은 1) 도쿄전력은 후쿠시마 제1원전 부지에 보관된 고준위 방사성 오염수 111만 톤 처리 해법을 못 찾았다, 2) 일본 정부 산하의 '삼중수소수 TF'는 트리튬이 담긴 오염수를 '가장 싸고 빠른 방법'이라는 이유로 해양 방출할 것을 정부에 권고했다, 3) 일본원자력규제위원회NRA도 오염수 방출안을 지지하고 있다, 등이 골자다.

임진년 4월 13일에 전쟁은 시작되었다. 이날 오후 5시께 일본 전함 7백여 척이 부산포에 내습했다. 4월 14일 새벽 5시부터 적들은 상륙 작전을 개시했다. 고니시 유키나가의 제1진 1만 3천, 가토 기요마사의 제2진 2만 3천, 구로다의 제3진 1만 1천 등 제1선단 6만여 명의 병력이 잇달아 부산에 상륙했다. 4월 14일에 부산이 함락되었다. 15일에 동래성이 무너졌다. 17일에 기장, 양산이 무너졌다. 18일에 언양이 무너졌다. 19일에 김해가 무너졌다.

임진왜란 때 왜적에게 도륙당한 조선인 희생자 수는 200만 명 정도로 추산된다. 임진왜란 직전인 1543년의 인

구수가 대략 416만 명(『중종실록』 38년 12월 기해조)임을 감안하면 반수가 사망했다. 우리는 상식선을 깨는 과거 일본의 무자비한 만행을 역사를 통해 배웠다. 난징대학살, 관동대지진 조선인 학살을 비롯하여 생물학 무기 개발을 위해 인간을 잔혹한 실험물로 사용한 731부대 등 일본은 인권의 공동선과 마지노선을 파괴하는 끔찍한 짓을 서슴없이 철두철미하게 저질렀다. 또한 역사의 과오를 무릎 꿇고 사과하는 독일에 비해 일본은 협약과 조약의 모호한 해석을 빌미로 여전히 진정한 사과를 유보하고 있다.

2019년 10월 후쿠시마 현지 조사를 다녀온 그린피스의 보고를 살펴보면 일본 정부의 제염 목표는 시간당 0.23마이크로시버트인데, 5.95마이크로시버트인 지역이 적지 않게 발견되었다. 후쿠시마 곳곳에는 지표 제염 작업으로 발생한 핵폐기물 자루가 3미터 이상씩 쌓여 '검은 피라미드'를 이루고 있고 그 면적은 대략 월드컵경기장 지상 면적의 2.5배 정도에 달한다. 이곳에서 올림픽 경기를 하고, 이곳에서 생산한 음식을 선수들에게 제공하겠다는 발상 자체를 납득할 수 없다.

이미 방사성 오염수의 양은 여의도 63빌딩 부피를 훌쩍 초과했다. 지금도 원자력발전소 시설의 지하수 유입으로 인해 오염수는 매주 2000~4000톤씩 늘어나고 있다. 이것이 태평양으로 방류될 때 생태계가 어떤 식으로 파괴될지는 그 어떤 유능한 소설가나 공상가조차 상상할 수 없다. 인류가 단 한 번도 시도하지 않은 일을 지금 바다를 면한 나라에서 하려고 한다는 점이 몸서리쳐질 뿐이다.

만약 오염수의 대량 방류가 실제 벌어진다면 과거 원자 폭탄 피해자였던 일본은 이제 원자력발전소 가해자로서 세계사에 오명으로 남을 것이다. 아니 오명은 중요하지 않다. 어쩌면 인류사에서 돌이킬 수 없는 해양 생태계 파괴가 시작될 게 뻔하다. 바다가 죽으면 우리도 죽는다는 건 자명하다. 우리는 어릴 적 저들이 만든 애니메이션처럼 '은하철도 999'를 타고 다른 외계 행성을 향해 떠나야 할지도 모른다.

이제 저 파도를 넘어오는 새로운 적은 도깨비 투구를 쓰고 짐승의 피로 제례를 올린 유형의 적이 아니다. 정말 무서운 적은 최첨단 미사일과 경비정과 화포와 정신력과 체력으로 막을 수 없는 무형의 적일 수도 있다. 저들은 고준위 방사성 오염수 100만 톤 이상을 언제 방류할지 모른다. 이것이 방류되면 적은 모든 것을 죽이며 올 것이다. 모든 것을 죽인 힘이 물 위에서, 물속에서, 물 바닥에서 죽음에 죽음을 잇대어가며 파도로 달려들 것이다. 그것이 어떤 참혹한 결말을 불러올지는 예상할 수조차 없다. 그 죽음의 물결은 아마도 충忠이나 광狂이 아니라 무無일 것이다.

기억나지 않으나 상당히 유효한

수첩백서

나의 뇌를 펼쳐 보일 수는 없지만 내 수첩을 펼쳐 보일 수는 있다. 내 입술을 열어 당신에게 진심을 전하기는 극히 어렵지만 수첩을 열어 전하고 싶은 속마음을 적을 수는 있다. 내게 수첩은 몸 밖에 꺼내놓은 뇌이자 심장이다.

수첩에는 지나온 길과 지나갈 길을 기록한 시간의 좌표로 가득하다. 언덕에서 만난 사람과 계곡에서의 유의 사항, 동굴에서 해야 할 일과 나무 아래의 약속이 꼼꼼히 적혀 있다. 그 길에서 바라본 풍경, 들은 노래, 나눈 얘기, 먹은 음식 등이 궤적으로 남는다. 나는 당신에게 '나'를 당장 보여줄 수는 없어도 수첩은 보여줄 수 있다.

내게는 이렇다 할 작가적 시그니처가 없다. 동그란 안

경을 쓰지도 않았고 고급 만년필을 갖고 다니지도 않는다. 소설가라고 새긴 명함도 오랫동안 없었다. 그래도 굳이 하나를 꼽으라면 수첩을 지니는 습관이다.

작년에 EBS〈세계테마기행〉미얀마 편 제작팀과 인터뷰를 했다. 나는 뽑아야 할 진행자 후보 네 명 중 한 명이었는데, 줄곧 제작진의 관심을 받지 못하다가 일정을 보기 위해 수첩을 펼친 순간 저들의 탄성과 환호를 들었다. PD와 방송작가들은 최신 모델의 스마트폰보다 손때 묻은 육필 수첩에 더 열광했다. 유력 후보들 중에는 미얀마어 전공 교수와 해당 국가 여행서를 출간한 작가도 있었다. 결과적으로 나는 4부작 기행 프로그램의 진행자로 낙점되었는데, 근거는 없으나 수첩 덕분이라고 믿는다.

스마트폰 없이 살 수는 있지만 수첩 없이는 살 수 없던 시기도 있었다. 첫 장편소설 『눈의 경전』을 쓸 당시 휴대전화를 1년 넘게 꺼두었다. 전화만 받으면 장편을 다 썼느냐는 질문이 들려와 대답하기가 난감하던 때였다. 웬만하면 연락도 하지 않고 모임에도 나가지 않았다. 매일 집필 분량을 수첩에 기록하는 게 큰 낙이었다. 전체 분량은 선그래프로 그려 넣고, 챕터 분량은 파이그래프로 그려 넣고, 하루 작업량은 막대그래프로 그려 넣었다. 하소연할 곳도 마땅치 않아서 그렇게 수첩을 벗하며 버텼다. 그 당시 가족이나 친지에게 가장 많이 들었던 말은 이랬다.

"넌 매일 뭘 그렇게 쓰니? 누가 보면 꼭 작가인 줄 알겠네!"

그러다 보니 1년에 수첩 두세 권을 쓰는 경우가 흔하다. 연말이 되면 다음 해 수첩을 20권 정도 구입하여 가까운 이들에게 나눠주고 내가 사용할 서너 권을 챙겨둬야 마음이 편하다. 어느덧 소문이 나서 지인들이 해외여행 기념품으로 사다주기도 하고 값비싼 제품을 선물로 건네기도 한다.

몰스킨, 로이텀, 핫트랙스, 프랭클린 등을 좋아하지만 가장 선호하는 브랜드는 국내 중소기업에서 제작한 '대경 Record 32A'다. 손에 쥐면 쏙 들어오는 크기에 무엇보다 지면이 넓다. 커버에 포켓이 달려서 티켓이나 카드 수납이 용이하다. 대형마트에서 쉽게 구매할 수 있었는데, 몇 년 전부터 대량 주문 제작으로 판로를 바꾼 탓에 전에 사둔 수첩의 달력을 수정액으로 지우고 고쳐 써서 사용한다.

수첩의 첫 페이지에는 좋아하는 격언이나 잊고 싶지 않은 문장들을 적는다. 작년에는 다음 두 문장이 뽑혔다.

"글쓰기는 목적이 아니라 삶의 방식이다."

"수련자여, 아사나를 연결하는 것이 아니라 아사나의 깊이를 연결하는 것이다."

위 문장은 글쓰기의 중압에 눌리지 않는 일상화를 위해 써둔 것이고, 아래 문장은 아쉬탕가 요가를 5년 이상 수련하면서 발견한 한 가지를 적은 것이다.

수첩을 펼쳤을 때 왼쪽 오른쪽 양면을 통틀어 오직 한 줄의 문장만으로 풍족할 때도 있다.

"묘사된 들판은 실제의 들판보다 푸르러야 한다."

페르난두 페소아의 이 전언은 묘사란 무엇인지, 예술의 재현이란 어떠해야 하는지를 극적으로 압축해서 보여준다. 내가 대학 강단에서 목이 쉬도록 3시간짜리 강의를 해도 이 한 줄을 뛰어넘기 어렵다.

몇 년 전 한중작가회의 주관으로 푸젠성 샤먼대학에서 열린 심포지엄에 참석했다. 일주일 동안 중국 작가들과 의견을 교환하며 나는 참 많은 것을 메모했다. 더욱이 푸젠성은 주희가 학문을 꽃피운 곳이고 무이구곡武夷九曲을 비롯한 명승지가 많았다.

중국에서 일정이 끝나갈 무렵 국내선을 타고 1시간 거

리의 다른 도시에 다녀왔는데, 돌아오는 비행기 안에서도 나는 보고 들은 것을 잊을까 봐 적고 또 적었다. 오랜만에 꽤나 멋진 아이디어가 샘솟듯 솟아나서 손이 생각을 따라 잡지 못할 정도였다.

비행기가 착륙한 후 선배 작가가 선반의 짐을 내리려 애를 쓰기에 나는 자리에서 일어나 도와주었다. 짐을 내리자 여기저기서 도움을 요청했다. 요청에 응하는 동안 승객들은 신속히 빠져나갔고 내 옆자리에 앉은 동행이 내 가방을 들고 와서는 어서 나가자고 했다.

온몸의 피가 차갑게 식는 듯한 오한이 든 건 공항을 빠져나와 단체버스를 타고 20분쯤 달린 후였다.

"왜 그래? 괜찮아?"

얼이 빠진 탓인지 옆자리에 앉은 선배 목소리가 버스 운전석쯤에서 들리는 듯했다. 가방을 뒤지는 내 손짓을 본 선배가 미간을 찌푸리며 내 안색을 살폈다.

"혹시 뭐 두고 왔니?"

나는 괜찮다는 듯 애써 웃음을 지었다. 비행기 좌석 그 물주머니에 두고 온 수첩과 펜은 이제 어쩔 수 없었다. 통역을 맡은 중국인 대학원생은 종일 시달린 나머지 곤한 잠에 빠져 있었다. 수첩을 잃어버린 적은 처음이었지만 오래 전부터 예상했던 일이었다.

그날 이후 야릇한 해방감이 찾아왔다. 그것이 사라지면 죽을 것 같았는데, 그것이 사라졌어도 아무런 일이 벌어지지 않았다. 수첩과 강박을 동시에 그곳에 놓고 온 셈이었다.

수첩 활용에서 중요한 건 사실 쓰는 행위가 아니라 중요한 것을 기억하는 일이다. 기록 자체는 그다지 큰 의미가 없다. 아무리 많이 써도 기억해야 할 것을 기억하지 못하면 부질없는 짓이다. 잊지 말아야 할 것을 잊지 않는다면 적지 않아도 된다. 새해 수첩 여백에 문득 쓴다. 내가 적은 수첩이 쌓여 내 키를 넘긴다면 이번 생에서 기억해야 할 것을 기억할 수 있을까?

기억나지 않으나 상당히 유효한

2015년 8월 서울의 여름은 몹시 더웠으나 나는 뙤약볕 속을 걷다가도 자주 몸서리를 쳤다. 10월부터 원고지 400매 분량의 소설을 4개월에 걸쳐 연재해야 했다. 9월에 개강하면 이 대학 저 대학에서 여섯 과목의 강의가 기다렸다. 여섯 과목의 강의를 하며 매달 100매씩 연속 네 번을 쓰는 일은 생각만으로도 한숨이 나왔다. 연재를 미리 준비하지 않으면 끔찍한 비극이 일어날 게 불을 보듯 뻔했다.

나는 막연히 '관계의 기쁨과 고통, 그리고 그것이 지나간 자리'를 쓰고 싶었다. 막연한 것은 늘 번뇌를 일으켰다. 8월 중순, 한 출판사 모임이 끝나고 김종광 선배와 심야 택시를 탔다. 선배는 술에 취해 느릿한 충청도 사투리로 내게 말했다.

"근디 말이여, 가만 생각해보니께 그게 아녀."

10년 전부터 선배는 내게 한국을 배경으로 소설을 쓰라고 강력히 권고했다. 국외 공간에서 펼쳐지는 글을 발표할 때마다 내 국적이 어디냐고 따져 물은 적도 있었다. 몇몇 평론가도 내가 국내 소재를 다룰 때 비로소 인정받을 거라며 쓴소리를 했다.

"죄다 허당이더구먼. 그사이에 나온 외국 배경 글들 보니께 영 아녀. 너만치도 못혀."

시속 100킬로미터로 달리는 택시 차창을 양쪽으로 열어놓은 탓에 머리카락이 사방으로 휘날렸다. 허공에 뜬 레몬빛 가로등이 획획 지나갔다. 선배는 딸꾹질을 하며 말했다.

"너 말이여, 하여튼 쓰던 거 제대로 써봐. 그게 니 길이여."

그의 결론을 듣자 번뜩 미얀마 바간이 떠올랐다. 천년 고탑이 3000여 개 포진한 이국의 고도古都. 취기 탓이었을까. 바간이 이번 소설의 적합한 무대라는 확신이 들었다. 이런 종류의 확신은 부지불식 찰나에 번쩍하며 몸을 관통하는 감각 같은 것이어서 정확한 이유를 대라고 캐물으면 설명할 방도가 없다.

집으로 돌아와 몇 시간을 자고 일어나서 한남동 미얀마 대사관에 갔다. 비자 신청을 마치고 항공편과 숙소를 예약했다. 그리고 작은 배낭에 옷 몇 벌과 수첩을 챙겨 넣었다. 오래 준비한 것처럼 일은 가볍고 빠르게 진행됐다. 다음 날 나는 미얀마행 비행기를 타고 양곤으로 날아갔다.

양곤에서 바간까지는 30분가량 국내선을 타고 들어갔다. 바간에 도착하여 게스트하우스에 짐을 풀자 다리가 휘청거렸다. 허방을 디디듯 까닭 없는 쓸쓸함이 몰려들었다. 이곳에 오면 멋진 스토리가 와락 달려들 거라는 환상은 이곳에 와서야 깨졌다. 여기서 무엇을 할 수 있단 말인가? 팔을 뻗어 손을 내밀면 잡히는 건 허공이었다.

처음 방문한 탑은 마누하 사원이었다. 사원에 입장하려면 반드시 긴 바지를 입고 맨발이어야 했다. 낮 동안 햇볕에 달궈진 돌바닥은 데일 듯 뜨거웠다. 십대 후반으로 보이는 현지인 여자가 웃으며 다가왔다. 타나카를 양 뺨에 바르고 론지를 입은 여자는 옻칠 공예품을 보고 가라고 했다. 나는 고개를 저으며 발걸음을 재촉했다.

"지금은 아니고. 나중에 시간 나면 볼게요."

그러자 여자는 두 손으로 나팔을 만들어 크게 외쳤다.

"그럼, 나올 때까지 여기서 기다릴게요!"

천 년 전에 지어진 탑 안은 좁고 침침하고 눅눅했다. 옆으로 누워 열반에 든 부처 앞에서 나는 오랜 시간을 보냈다. "이 세상에 영원한 것은 없다"는 말씀을 남기고 자리에 누운 싯다르타. 그의 얼굴은 아래에서 보면 미소를 짓고 있으나 위에서 보면 통증을 참는 표정이었다. 나는 부처의 발을 만지고 바닥에 이마를 대고 엎드려 세 번 절을 했다.

사원을 나가니 여자가 지금껏 기다렸다는 듯 쪼르르 달려왔다. 그리고 다짜고짜 나를 자신의 가게 앞으로 끌고 갔다. 옻칠한 컵 따위는 관심도 없고 하나도 필요하지 않았지만 나는 20달러짜리를 두 개나 구입했다. 여자가 신문지로 둘둘 말은 컵을 건네고는 두 손을 가슴 앞에 모으며 말했다.

"고마워요. 당신을 영원히 기억할게요."

나는 컵이 담긴 비닐봉지를 덜렁이며 터덜터덜 게스트하우스로 돌아왔다. 컵은 당장 물을 따라 마실 수 없을 정도로 냄새가 심했다. 어쩌면 내가 구입한 것은 컵이 아니

라 그 자리에서 기다리겠다는 여자의 외침이었는지도 몰
랐다. 우물처럼 캄캄한 컵 안을 들여다보면 그녀의 목소리
가 아득하게 메아리 쳤다.

다음 날 틸로민로 사원에서 티크나무로 만든 염주 한
꾸러미를 샀다. 염주 파는 할아버지는 내게 무슨 요일에
태어났느냐고 물었다. 태어난 요일에 따라 염주가 달랐다.
나는 천년고탑 안에서 42년 전의 달력을 더듬어 내가 '수
요일 저녁의 아이-상아 없는 코끼리'라는 것을 처음 알게
되었다. 우리 돈으로 1000원을 주고 산 그것을 나는 목에
걸었다.

닷새 동안 나는 바간을 배회했다. 이른 아침 자전거를
타고 해 뜨는 곳을 찾아가고, 마차를 타고 도시를 둘러보
고, 에야와디강에서 보트를 타며 해지는 풍경을 눈에 담았
다. 목이 마르면 거대한 보리수 아래에서 300원짜리 망고
를 먹으며 땀을 식혔다. 나는 나를 텅 빈 대나무처럼 비웠
다. 그 빈 몸에 천천히 바간의 바람과 강과 탑과 구름이 흘
러들었다가 흘러나가도록 두었다.

바간을 떠나기 전 마누하 사원에 마지막으로 들렀다.
'이 세상 모든 것은 결국 사라진다'는 말씀을 남기고 자리

에 누운 부처 앞에서 다시 절을 세 번 올렸다. 그리고 근처 기념품 가게를 할 일 없이 어슬렁거렸다. 타나카를 바르고 론지를 입은 그 여자는 몰려든 서양인 관광객들에게 물건을 파느라 분주했다. 우리는 몇 번 눈이 마주쳤으나 그녀는 나를 알아보지 못했다.

귀국 후 나는 포스트잇에 '단순한 몰입'이라는 글자를 써서 책상 앞에 붙였다. 늘 들고 다니는 수첩 첫 장에도 같은 글귀를 적었다. 나는 단순하게 한 문장이 끝나면 다음 문장만을 생각했다. 한 문장을 마치면 이어지는 다음 문장…. 타잔이 이쪽 나무에서 저쪽 나무로 넝쿨을 타고 건너가듯 나는 그렇게 한 문장에서 다음 문장으로 건너갔다.

그리고 적적해지면 눈을 감고 바간에서 구입한 108염주를 돌렸다. 불경의 고귀한 구절을 외우며 돌리는 게 아니라 염주 알을 엄지로 감아쥐며 속으로 숫자를 세는 식이었다. 정신이 흐릿하면 한 바퀴를 돌았을 때 108의 숫자에 못 미치기도 하고 넘기도 했다.

오로지 나는 힘쓰는 일 없이 힘을 썼다. 정말 다행스럽게도 바간을 떠올리는 일은 행복했다. 쓸거리가 없으면 바간의 나무와 꽃과 강물과 구름을 썼다. 불어오고 나가는 바람처럼 그것들은 기억나지 않을 듯하면서도 전부 내 안에 있었다. 나는 소설을 쓰는 일 없이 소설을 썼다. 이 하나가 내게 전부였다.

첫 회 원고는 프랑스 파리 뤽상부르 공원 근처에서 전송했고, 마지막 회 원고는 제주도 서귀포에서 전송했다. 배낭 앞주머니에는 늘 염주가 들어 있었다. 2015년 12월 31일에서 2016년 1월 1일로 넘어가는 시점에도 나는 다음 문장에만 집중했다. 단순한 몰입이 주는, 그 느리면서도 단단한 속도감은 기대 이상 짜릿했다.

4개월 후 『탑의 시간』 연재를 마치고 나는 김종광 선배에게 덕분에 일을 잘 끝냈다는 고마움의 메시지를 전했다. 그는 좀 뜬금없다는 반응이었다. 마지막 만난 후 해가 바뀌고 반년이 훌쩍 지나 있었다. 선배에게 심야 택시에서의 대화를 상기시켰지만 그는 정작 그날 자신이 한 말을 기억하지 못했다. 다만 두루뭉수리 눙치는 충남 사투리가 경쾌했다.

"그랴, 아무튼 마니마니 축하혀!"

내 문학적 영혼의 멘토

-단편 「몽구 형의 한 계절」에 부처

"나르레크스 지팡이를 들고 다니는 자는 많으나
참 바쿠스인은 적네."

-플라톤, 『파이돈』 중에서

1.

대학을 졸업하던 해 나는 경기도 인근의 시골 마을로 거
처를 옮겼다. 주말에 목욕탕이라도 가려면 하루 석 대뿐인
마을버스 시간표를 치밀히 계산해야 할 만큼 읍내에서 떨
어진 곳이었다. 대외적으로는 '인문학적 내공을 다지기 위
한 칩거'였지만 실제로는 외롭고 두려움에 떨던 시기였다.
IMF 경제 환란과 최악의 실업률을 맞아 또래들은 밥줄을
찾느라 정신이 없던 때였다.

그 무렵 내 의식을 강렬히 지배하던 성어들은 '조갑천
장爪甲穿掌'이라든지 '남아수독오거서男兒須讀伍車書' 등이었
다. 다시는 이렇게 독서와 창작에 매진할 여유가 없을지도

모른다는 강박감에 시골 작은 방에 스스로를 가두고 전심 전력을 했다. 단편 「몽구 형의 한 계절」의 주요 인물인 '몽구 형'은 내가 묵던 곳에서 한솥밥을 먹던 분을 모델로 삼았다. 소설로 등단한 분이고 동양학에 대한 조예가 깊으며 인간성까지 좋아서 그곳에 머물던 2년 동안 가까이서 많은 것을 배웠다.

무엇보다 형은 내게 창조의 아름다움이 무엇인지 가르쳐준 사람이었다. 첫해 봄에 잡초가 무성한 공터를 밭으로 일군 적이 있었다. 나는 처음에만 도와주는 척하다가 나중에는 밭 근처에 얼씬도 하지 않았다. 형은 매일 일정 시간을 노동으로 보냈다. 여름이 되자 각종 꽃이 만발했고 형이 세워놓은 울타리를 타고 뻗어 올라간 넝쿨에선 노랗고 오종종한 오이꽃이 피어났다. 그러자 벌과 나비가 날아들었다. 황폐한 공간에 불과했던 그곳에 벌과 나비를 불러들인 형을 보면서 나는 창작의 본질에 대해 새삼 숙고하게 되었다.

형의 가장 흥미로운 특징은 말투였다. 짧고 강한 억양에 방언을 사용했다. 그의 고향에서는 소를 나무에 묶어놓으면 빙 돌아가며 삼도三道의 풀을 뜯는다고 했다. 경상도 사투리를 바탕으로 전라도와 충청도 방언이 뒤섞여 있어 굉장히 인상적이었다. 더욱이 형은 그 희한한 말투로 선문답禪問答을 하는 경우가 많았다. 궁금한 것을 물어보면 마치 선승禪僧처럼 관련이 없는 듯한 응답을 하기 일쑤였다. 이해를 못 하는 사람에겐 '썰렁 개그'로 취급받는 경향이 있었지만 나로서는 정신이 번쩍 들곤 했다. 언젠가 술자리에서 거나하게 취기가 돌자 나는 형에게 이런 질문을 했다.

"소설가들은 어디서 그 많은 소재를 얻어 그렇게 계속 글을 쓸 수 있죠?"

그는 묵묵히 생각에 잠기더니 갑자기 목에 힘을 주고 외쳤다.

"비빔밥이다!"

주위에서는 '난데없이 웬 비빔밥?' 하는 표정이 역력했다.

"비빔밥이라뇨? 그게 뭡니까? 어떻게 작품 구상을 끝없이 할 수 있는가를 여쭌 건데요?"

형은 심각한 표정을 지으며 검지 끝으로 자신의 머리통을 가리켰다.

"이것저것 한데 넣고 비비면 된다. 그러면 다 맛이 난다."

그러더니 한 손을 정수리 위에 얹고 휘휘 젓는 시늉을

했다. 나는 감격해 마지않는 표정으로 무릎을 탁 내리쳤다. 그리고 정중히 형의 뺨에 입을 맞추고 술 한 잔을 따라 주었다. 점입가경인 우리 둘의 문답에 주위 사람들은 낄낄댔지만 나는 그 말을 마음에 새겼다. 그날 이후 내게는 구상 작업이 전보다 훨씬 편하고 쉬워졌다. 구상이 잘 안 될 때는 형의 목소리를 크게 흉내 내는 버릇마저 생겼다.

"비빔밥이다! 이것저것 한데 넣고 비비면 된다. 그러면 다 맛이 난다."

그리고 맷돌을 갈듯 손을 휘휘 저어본다. 산재한 에피소드와 단상들이 예술적 구조 안에서 조화롭게 결합하고 융화되기를 바라는 일종의 퍼포먼스인 셈이다. 형을 만나지 않았다면 이렇게 재미있는 구상의 효용을 깨닫지 못했을지도 모른다.

2.

"드릴 말씀이 있습니다."

형과 함께 머무른 지 2년이 되어갈 무렵 형의 방문을 노크했다. 나는 최근에 습작하는 소설 속 인물이 형을 연상시킬지도 모르는데, 엄연히 형이 아닌 가공의 인물이므로 오해 없기를 부탁했다. 그리고 마지막으로 이렇게 덧붙였다.

"혹시라도 불쾌하지 않으셨으면 좋겠습니다."

형은 내 말을 듣고 한참 동안 생각에 잠겼다. 그리고 긴 침묵 후에 입을 열었다.

"좋다! 근데 니 잘 들어라. 두 가지 조건이 있다."

두 가지 조건이 붙을지 미처 몰랐던 나는 잔뜩 긴장했다.

"첫째, 잘 써야 한다."

나는 점두했다.

"둘째, 나를 절대로 엿 먹여서는 안 된다!"

나는 잠깐 망설이다가 역시 점두했다.

당시 내가 그리고 싶었던 것은 고행의 가치에 대한 허영만 있고 실제로는 행동하지 못하는 인간의 페이소스였다. 고결한 이상은 품고 있으나 독사 같은 실천력이 결여된, 독사의 실천력이 따르지 않는 고결한 이상이란 한낱 꿈에 지나지 않는다는 메시지를 염두에 두었다.

이 작품의 발상은 플라톤의 저서 『파이돈』을 읽던 중 한 줄의 문장 "many who carry the thyrsus but the Bacchants are few"에서 시작됐다. 본고의 서두에 올린 이 문장은 진정한 신도와 '나이롱신자'와의 분별을 지적하고 있다. 기원전 4세기 전후 로마의 바쿠스(디오니소스) 축제 동안 숭배자들은 나르테크스 지팡이를 신앙의 표현으로 들고 다녔는데, 대부분은 참다운 교인이 아니라는 뜻이었다. 독배를 마시기 전 소크라테스가 한 이 말을 철학자 라우스는 "부름을 받은 자는 많으나 택함을 받은 자는 적다"고 의역했다. 이 문장을 읽을 때 머릿속에서 대포 한 방이 터졌다. 포연과 화약내가 가실 무렵 신기하게도 형의 얼굴이 희미하게 떠올랐다. '무늬만 소설가'인 몽구 형은 바로 그 순간 탄생했다.

물론 작가는 소설의 인물을 창조할 때 주변에서 그 단서를 찾는 경우가 많다. 그러나 작중 캐릭터는 여러 인간형이 합쳐지고 개인적 상상이 추가되므로 실물과는 분명히 다르다. 당시 습작자의 신분에서 '나르테크스 지팡이만 들고 다닐지, 아니면 참 바쿠스인이 될 것인지'에 관한 고민을 구체화하는 인물로 형의 한 이미지(말투)를 끌어들였을 따름이다.

끝내 나는 머물던 거처에서 글을 완성하지 못한 채 시드니로 유학을 떠나게 되었다. 그리고 랭귀지스쿨에서 수업을 듣는 도중 등단 소식을 접했다. 파라마타강 페리 선착장이 창밖으로 보이는 셰어하우스에서 이 소설을 완성했을 때 나는 원고를 몇몇 동료에게 이메일로 전송했다. 그중에서도 특히 시골의 거처를 드나들던 지인들이 열렬한 환호를 보내왔다. 나중에 들은 얘기로는 프린트를 해서 서로 돌려보고 내가 없는 가운데 합평회를 했으며 복사까지 해서 지방의 벗들에게 우송했다고 한다.

글이 잡지에 발표되자 한 문예지 월평란에서 호의적인 평가를 받았다. 운이 닿았는지 NSW주립대학 한국학과에서 교재로 쓰이기도 했다. 나중에 작품집 출간을 제안한 편집위원은 이 소설이 가장 마음에 든다며 표제작으로 삼는 게 어떠냐는 의견마저 제시했다. 결과적으로 표제작이 되지는 않았지만 「몽구 형의 한 계절」은 첫 소설집 『캥거루가 있는 사막』의 첫 얼굴이 되었다. 그런데 정작 형 본인만은 이런 사실을 까맣게 모르고 있었다.

3.

작품집이 발간되자마자 나는 형에게 서명본을 우송했다. 그리고 소설을 읽고 마음이 상했을까 염려되어 보름이 지난 후 전화를 걸었다. 실제로 형은 그사이 결혼을 했으므로 혹시라도 형수님이 읽고 오해라도 하면 큰일이었다. 그야말로 '엿을 먹인 것'은 아닌지 걱정이 되어 이런저런 대화 끝에 작품집 전반에 대해 슬쩍 물어보았다. 형은 내 작품에 대한 아무런 감상이나 평가 없이 짧고 강한 억양으로 대답했다.

"올챙이 꼬리를 더는 달고 다니지 마라!"

"올챙이 꼬리요?"

"개구리가 되었으면 떼어버려야지."

나는 형의 말을 알 것도 같고 모를 것도 같았다. '올챙이'와 '개구리'의 구분은 짐작이 되는데 '꼬리'가 무엇인지 명확한 개념이 잡히지 않았다.

"그런데 그 꼬리란 게 뭔가요?"

형은 수화기 너머에서 반문했다.

"모르겠냐?"

"네, 잘 모르겠습니다."

"그럼 뒤를 봐라!"

그리고 통화는 끝이었다. 요즘 나는 글을 쓸 때 손을 휘젓는 '비빔밥 퍼포먼스'를 하다가 곧잘 뒤를 홱 돌아보는 이상한 습관까지 생겼다.

I & island

invitation

거제에 처음 발을 디뎠을 때 나는 내 나이 서른일곱에서 스물두 살을 베어냈다. 만약 그런 것이 가능하다면 나는 열다섯 살의 마음으로 이 낯선 지역을 섭렵하기로 했다. 정말 가능하다면 나는 그동안 지니고 산 편견이나 선입견, 알량한 지식과 경험 따위를 모두 잊고 동행들과 최대한 허물없이 뒤섞이기로 했다. 그리고 나의 눈과 혀와 살갗에 와 닿은 거제를 있는 그대로 받아들이기로 했다. 그것이 이 남도南道에 이방인으로서 내가 지킬 수 있는 최대한의 예의였다.

섬으로의 초대는 서두부터 감미로웠다. 4월의 봄꽃이

진한 향기를 풍기던 저물녘, 소설가 박상우 선배로부터 전화가 왔다. 산책을 하다가 어느 가옥의 담장을 따라 촘촘히 맺힌 넝쿨장미의 봉오리를 바라보던 중이었다. 꽃봉오리는 콘크리트담을 타고 넘어 외벽 가슴까지 번져 내려오는 중이었다. 이미 막을 수 없을 정도로 흘러넘쳐서 길가로 내뻗은 줄기의 촉수로 행인의 머릿결을 슬쩍슬쩍 매만졌다. 생기발랄한 아가씨가 치마를 나풀거리며 금방이라도 대문을 나설 것만 같았다. 선배는 4월 말 2박 3일간의 거제여행을 제안하면서 마침표처럼 한마디 덧붙였다.

"해이수, 나는 몇 번 가봤는데, 그맘때의 거제 물빛이 제일 좋더라."

그 말을 듣자마자 나는 남의 집 담장 아래서 참을 수 없는 웃음을 터뜨리고 말았다. 그 파안대소 속에서 봄날의 일몰과 붉은 꽃봉오리와 푸른 물빛이 콜라주가 되고 마블링이 되어 한 몸으로 뒤섞였다. 4월 말이 되기까지 나는 때때로 거제를 그런 춘심으로 앓았다.

impact

거제 도착 이튿날 아침 식사를 하기 위해 시내를 걸었다.

햇살은 환하고 공기는 깨끗하며 해풍은 부드러웠다. 인도 폭이 좁아 소설가들과 화가들은 거의 두 줄로 나란히 서서 식당까지 발걸음을 옮겼다. 초원의 뭉게구름 아래서 오로지 풀을 뜯으러 가는 양 떼처럼 우리는 한껏 온순해지고 여유로웠다.

아침 메뉴는 고디탕과 열기구이였다. 고디탕은 다슬기와 각종 야채를 넣고 된장을 풀어 끓인 것이었다. 먼저 맛을 본 구효서 선배가 만족스러운 듯 고개를 끄덕였다. 수저를 들어 난생처음 듣는 이름의 국물을 떠먹었을 때 나도 모르게 웃음이 새어 나왔다. 구수하고 시원한 국물은 지난밤 과음으로 인해 불편한 속을 달래는 데 최고였다. 해장 목록에서 우위를 뺏긴 적 없던 청진동 해장국이 2순위로 밀려나는 순간이었다. 이곳을 떠나면 어디서 이런 국물을 만날 수 있을지 벌써 아쉬웠다.

기름을 두르고 구운 열기는 바삭하면서도 쫀득했다. 나는 그렇게 맛있는 생선구이를 먹어본 적이 없었다. 그리 비싼 생선도 아닐 텐데, 이런 음식을 이제껏 몰랐다는 사실이 억울했다. 그리운 얼굴들이 줄지어 떠올랐다. 기분이 한껏 좋아져서 박상우 선배와 나는 아침부터 막걸리잔을 빠르게 비웠다. 화가 왕형렬, 박철환 선생도 유쾌하게 함께 어울렸다. '고디'와 '열기'는 왠지 발음부터 범상치 않은 음식이었다. 뼈와 대가리만 남은 열기 앞에서 마치 제를 올리듯 일어서지 못하는 우리를 보고 주인아주머니는 청하지도 않았는데, 몇 마리를 더 갖다주었다.

inspiration

"그렇게 입고 춥지 않아요?"

장승포에서 지심도로 들어가는 배 갑판에서 화가 박병춘 선생이 내게 물었다. 내의를 입지 않은 상태에서 얇은 셔츠 아래로 남해의 바람이 들어와 몸이 풍선처럼 부풀어 올랐다. 바지는 벌써 아랍풍으로 변해 자꾸만 다리를 허공으로 띄워 올렸다. 아침부터 마신 술에 취한 탓인지, 태평양을 건너온 미풍 탓인지 몸과 마음은 샤갈의 그림처럼 공중으로 부양했다. 후드 셔츠에 점퍼까지 단단히 차려입은 선생을 향해 나는 마음껏 대답했다.

"아, 지금 저는 풍욕 중입니다."

풍욕 시간은 적당했다. 20분이 채 안 되어 배가 목적지에 닿았다. 이 섬은 지삼도知森島, 맥도麥島 등으로 불리다가 지심도只心島로 고착됐다고 한다. 하늘에서 보면 그 형태가 '마음 심心' 자처럼 생긴 것이 그 이유였다. 산책 코스를 그려놓은 그림 안내판을 보니 내 눈에는 섬 모양이 천사의 한쪽 날개처럼 보였다. 바다에 떨어져 젖어버린 탓에 그대로 섬이 되어버린 날개. 머릿속에서는 질투와 징벌을 모티브로 한 그리스 신화 풍의 동화 한 편이 순식간에 만들어졌다. 가볍고 유동적인 날개와 무겁고 정박된 섬의 상반된 이미지가 그런대로 괜찮았다.

선착장에서 전망대까지 오르는 구불구불한 소로에서 일행의 걸음이 잠시 지체됐다. 고개를 들어보니 그곳에는 성모상이 바다를 향해 서 있었다. 하얀 석고로 빚은 마리아는 상록활엽수림을 배경으로 유독 숭고하게 보였다. 일행이 자리를 뜬 뒤에도 성모상 앞에서 오랫동안 서 있던 분이 있었는데, 하성란 선배였다. 기도하는 모습이 인상적이어서 나는 뒤에서 그녀를 한참 동안 바라보았다. 기도하는 사람을 지켜보는 것도 기도였다.

30분쯤 올라가니 아담한 목조건물 한 채가 나타났다. 이제는 폐교된 지심분교였다. 이런 섬에서 초등학교를 다닌 사람은 얼마나 추억이 풍요로울까. 부러워서 나는 먼지

낀 창문에 코를 대고 안을 엿보았다. 소설가로서 내가 가진 오래된 콤플렉스가 있다면 이런 시골에서 유년 시절을 보내지 못했다는 점이다.

1950년대 중반부터 1990년대 중반까지 아이들로 시끄러웠을 지심분교는 이제 텅 비어 있었다. 거제시가 추진하는 문인과 미술인을 위한 창작 레지던시 후보지 중 한 곳이었다. 파도소리가 지척에서 들리고 해안 절벽 주위로 바람에 닳은 해송이 듬성듬성 서 있었다. 작가들은 주변을 둘러보며 한마디씩 했다.

우선 이곳에 창작실을 만들면 최대 장점은 집중력 혹은 몰입도가 굉장히 좋아지는 것이라는 의견에 모두 동의했다. 작업과 산책 외에는 별달리 할 일이 없기 때문이었다. 그러나 글이 안 써지거나 그림이 안 그려지는 경우 절벽 아래로 뛰어내릴지도 모른다는 농담에 역시 대부분 긍정의 웃음을 터뜨렸다. 작가란 아름다움을 향해 움직이는 사람이어서 자신이 원고지나 화폭에 구현하려는 세상보다 저 절벽과 저 바다가 훨씬 아름답다면 충분히 그런 일을 감행할 가능성도 없지 않았다. 물론 훌륭한 작가라면 저쪽보다 아름다운 세계를 이쪽에 창조하겠지만 말이다.

isolation

점심을 먹을 때까지 줄곧 우리는 섬 산책로를 걸었다. 해안선 길이가 3.7킬로미터 정도고 가장 높은 곳이 해발 97미터에 불과하기에 걷기에는 더없이 좋았다. 섬은 전반적으로 나무와 돌과 바다가 넘치거나 모자람 없이 적절했다. 섬세한 누군가가 오랜 세월 정성 들여 잘 가꾼 거대한 분재 위를 걸어 다니는 기분이었다. 더욱이 꽃과 새, 남방 식물로 뒤덮인 아늑한 오솔길, 부드러운 바람이 사람을 감성적인 코드로 변환했다.

수령이 100년 이상인 동백숲은 선선하면서 푸른 기운으로 가득했다. 나무 밑동은 보드라운 이끼와 팔손이의 넓은 잎사귀로 무성했다. 활엽 식물들의 도톰하고 기름진 이파리에 햇빛이 닿아 뽀얀 윤기가 맴돌았다. 아열대 수림 특유의 향이 몸속 어딘가를 기분 좋게 간질였다. 지심도의 수종 절반 이상이 동백이라 하니 붉은 꽃이 피어나 뒤덮기 시작하면 섬은 그대로 심장일 게 분명했다.

산책 중에는 걸음 속도에 따라 동행이 바뀌었다. 태평양전쟁 당시 발전소 소장이 거주했다는 일본식 가옥을 지나면서는 전경린 선배와 나란히 걷게 되었다. 특이하게도 그녀는 굽이 높은 구두를 신고 있었다. 1시간을 넘게 그런 신발로 걸었으면 발이 아플 게 분명했다. 괜찮으냐는 나의 물음에 그녀가 대답했다.

"괜찮아요. 낯선 곳에 갈 때는 꼭 하이힐을 신어요. 평평한 운동화로는 왠지 낯선 땅을 밟을 수가 없어서."

'평평한 운동화로는 왠지 낯선 땅을 밟을 수 없다'는 것은 개인적 습관이거나 복잡한 의미가 함축된 표현이므로 나는 그 이유를 캐묻는 짓은 하지 않았다. 신발을 바꿔 신을 수는 없어서 대신 그녀의 가방을 들어주었다. 가방은 의외로 무거웠다. 사뿐사뿐 걸어 다니는 외양과는 달리 나는 선배가 고집이 세고 고독한 사람일지도 모른다는 생각이 문득 들었다.

오솔길에서 바다를 면한 쪽은 대숲이었다. 해풍이 대숲을 흔들며 불어오자 땀과 함께 주독이 싹 날아갔다. 중간중간 아담하게 웅크린 집들과 낮은 울타리가 모습을 드러냈다. 잘 개발하여 보기 좋은 것보다 잘 보존하여 가치 있는 것이 무엇인지 직접 보여주는 곳이었다. 이 섬이 거제시 소유였다면 손을 탔을지도 모르는데, 그동안 국방부 소유여서 옛 모습이 그나마 남았다고 김형석 거제문화예술

회관 관장이 설명했다. 자본주의의 자장磁場에서 벗어난 소외, 소외됨으로써 오히려 빛나는 것에 나는 경외의 시선을 던졌다.

immersion

점심을 먹은 '해돋이 민박'은 식민지 시절 일본군 장교 막사를 개조한 곳이었다. 일제강점기의 흔적을 고스란히 인테리어로 삼아 영업 중인 셈이었다. 바다가 보이는 평상에 앉아 나는 김주영 선생님께서 '한 고뿌' 가득 따라주신 화이트 소주를 마셨다. 다음에는 '한 고뿌' 가득 따라주신 맥주를 마셨다. 선생님께서 "다 비우기!" 하고 외치시면 나는 마치 주술에 걸린 듯 잔을 비우고 말았다. 나아갈 때와 물러날 때를 정확히 아는 백가흠 작가가 슬쩍 피하는 요령을 가르쳐줬건만 나는 매번 그 주술에 걸려들고 말았다. 그 바람에 습작기 시절 선생님의 소설이 내게 어떤 영향을 미쳤는지 끝내 말씀드릴 기회를 잡지 못했다.

얼큰하게 취해 선착장으로 가는 길은 꿈결 같았다. 그런데 그 와중에도 언뜻언뜻 도시에 두고 온 일과 끝마쳐야 할 과제들이 떠올랐다. 그런 걱정들이 빠르게 스칠 때마다 잠깐씩 불안해지며 일행보다 한 걸음씩 뒤처졌다. 그러자 뜻하지 않게 한 여인의 목소리가 환청처럼 들려왔다. 내게는 간혹 이 일을 하면서 저 일을 생각하는 나쁜 버릇이 있었다. 마침내 저 일을 하게 된 순간에도 언제나 다른 일을 꿈꾸는 식이었다. 내 악습을 파악한 그녀는 '마음 두는 법'을 가르쳐주었다.

"제발 두리번거리지 말고 지금 이 순간에 마음을 두세요. 지금 이 순간에 온전히 마음을 두어야 그곳에서 기쁨을 찾을 수 있어요. 마음을 두어야 피가 돌고 그곳에서 꽃이 피는 거예요."

무슨 일을 하든 마음을 두지 않으면 발전이 없다는 간명한 충고였다. 욕망만 가득할 뿐 마음 두는 법을 잘 몰랐던 탓에 나는 늘 허둥대며 바빴다. 인상을 쓰고 골몰하면서도 성과가 좋지 못했다. 그 여인에게서 그 말을 들었을 때 나는 따귀를 세게 맞은 듯 얼얼했다. 다만 마음을 지금 이 순간에 두는 것만이 소중했다. 어쩌면 내가 지심도에 온 이유는 이를 재확인하라는 부름일지도 몰랐다. 정신을 차린 나는 저만치 앞서가는 권지예, 정미경 선배의 이름을 부르며 그들 사이로 뛰어들었다.

impression

마지막 날 청마 유치환 문학관을 들렀다가 폐왕산성廢王山城에 간 사람은 13명이었다. 12인승 봉고차에 꼭 끼어 앉았지만 불편함도 잊은 채 우리는 흥에 겨웠다. 일행 중에는 화가 황주리 선생도 함께 있었다. 나는 오래도록 그녀의 글과 그림을 좋아했다. 그녀가 그린 꽃봉오리 속에는 사람이 깃들어 있었고 그 사람 안에는 이야기가 숨어 있었다. 문화탐방 기간에 황주리 선생은 자신의 화폭에 등장하는 인물들과 같은 옷을 입고 다녔다. 산뜻한 색상에 단순하면서도 세련된 디자인의 패션을 선호하는 듯 보였다.

봉고차가 산성 아래에 도착하자 우리는 내려서 걷기로 했다. 산성 초입은 불친절했다. 길은 울퉁불퉁했고 경사는 다급했다. 황주리 선생은 전날 넘어져 다리를 다쳐서 내게 도움을 청했다. 나는 선생의 손을 잡았다. 왠지 가슴이 떨리고 부끄럽기까지 했다. 다정하게 좀더 편한 보폭으로 잡아 끌어줬어야 했는데, 어쩌면 선생이 힘들었을지도 모르게 나는 성급히 걸음을 옮겼다. 평지로 올라와서 잡은 손을 놓는 순간은 약간 어색했다. 어쩔 수 없는 열다섯 살 소년의 매너였다.

안내판에는 고려 18대 왕 의종이 무신 정권에 의해 거제로 쫓겨와 3년간 살았다는 구절이 쓰여 있었다. 성은 언덕 위에 돌로 쌓아 올린 섬과 흡사했다. 성과 섬은 유폐와 단절이라는 측면에서 공통적이었다. 단지 바다 대신 마을이 내려다보였다. 성은 들고나는 사람이 적어 오래 방치된 탓인지 세월에 무너져 내리는 중이었다. 쫓겨난 왕의 심정을 읽을 만한 별다른 흔적은 없었다. 집수 시설로 이용하기 위해 팠다는 작은 연못에는 소금쟁이만 놀고 있었다. 당시 유물이 수백 점 발굴되었다는 연못 주변에서 백가흠 작가가 토기 파편을 찾아냈다.

현재 거제도에는 육지와 이어진 두 개의 다리가 놓여 있지만 약 1000년 전에는 개경과 멀리 떨어진 절해고도였을 것이다. 궁에서 섬으로 유배된 왕이 정권을 재탈환하기 위해 얼마나 절치부심했을지는 그야말로 픽션의 영역이었다. 의종과 정중부 중 한쪽 편에 손을 들어주는 것은 쓸데없는 일이었다. 다만 반역과 혁명에 관해 생각하다가 며칠 전에 읽은 장종권의 시 「똥개들의 반역」 몇 문장이 떠올랐다.

반역은 실패함으로써 성공한다 / 반역의 십자가는 슬픈 음모이다 / 그리고 슬픈 유머이다 / 모든 성자 역시 그렇게 떠나서 / 또 매양 같은 방식으로 돌아온 셈이다.

계단식으로 돌을 쌓아 올려 물이 새는 것을 방지했다는 연못의 탁한 물을 보다가 나는 아이러니를 느꼈다. 의종은 김보당의 복위운동과 함께 경주로 자리를 옮기지만 결국 이의방이 보낸 이의민에 의해 살해되어 연못에 던져지기 때문이다. 칼로 흥한 무신 정권은 100년 동안 지속했으나 연못을 판 왕은 끝내 연못에 던져지는 비참한 최후를 맞이한 것이다. 물론 쿠데타에 성공한 정변 주체 간의 권력투쟁 또한 매양 같은 방식의 슬픈 음모와 슬픈 유머였다.

폐왕산성은 아무것도 없었으나 풀꽃만은 풍성했다. 어느덧 소녀가 된 김별아 선배가 풀밭을 사뿐사뿐 뛰어다니더니 토끼풀로 꽃반지를 만들었다. 그러고는 하성란 선배의 손가락에 끼워주었다. 너무 작게 만들어 줄기가 어이없이 끊겨나가자 김별아 선배는 속상한 표정을 지었다. 하성란 선배는 자신의 손가락이 굵어서 그렇다며 위로를 해주었다. 한쪽에서 이현수 선배가 은희의 〈꽃반지 끼고〉를 부르자 전경린 선배가 따라 불렀다. 나도 허밍으로 화음을 넣었다. 백가흠 작가는 괜찮은 글감이 떠오른 듯 토기 파편을 정성스레 매만졌다. 사진작가 고성미 씨는 멋진 포즈로 사방을 향해 카메라 셔터를 눌렀다. 황주리 선생은 앞서 걷다가 뒤돌아서 이 모든 것을 바라보았다. 그 표정은 마치 이 정경을 꽃봉오리 속에 들어 앉히는 듯했다.

irreversibility

섬에서 돌아와 몇 달 동안 나는 섬을 앓았다. 얼핏 정상적으로 출근을 하고 가족들과 식사를 하고 TV로 스포츠 중계를 보고 학생들의 리포트를 채점했지만 나는 분명히 어딘가 앓고 있었다. 생활에 미묘한 변화가 생긴 것이다. 밥을 먹다가도, 술을 마시다가도, 잠을 자다가도, 책을 읽다가도, 글을 쓰다가도, 길을 걷다가도 나는 불쑥불쑥 섬의 기억 속으로 자맥질했다.

우선 휴대전화에 저장된 지심분교의 졸업사진을 들여다보는 일이 잦았다. 지심도 부인회에서 생활사 전시관에 제공한 그 사진의 하단에는 "1975년 2월 21일 지세포 지심분교 제12회 졸업기념"이라는 손글씨가 적혀 있었다. 나는 그 우표만 한 사진 속에서 어떤 날은 일본식 목조건물 곳곳에 붙은 표어를 찾아 읽었다. 흰색 판자에 검은색 정자로 쓴 "국어사랑 나라사랑", "학력 향상의 해", "멸공", "자조" 등의 문구를 보면 슬며시 입가에 웃음이 맺혔다.

또 어떤 날은 사진에 등장하는 학생과 어른의 숫자를 세어보느라 내려야 할 전철역을 지나친 적도 있었다. 전교생 수는 24명이고 어른들의 수는 22명이었다. 놀랍게도 그 어른들 중에는 여성이 한 명도 없었다. 카메라를 바라보는 어린 그들의 얼굴은 무표정했다. 지금 그들은 어디에서 무엇을 하며 살고 있는지 몹시 궁금했다. 기회가 된다면 그들만이 기억하는 그 시절 지심도에 대해 듣고 싶었다.

섬을 떠올리는 그 시간 동안만은 나는 열다섯 살 아이로 물고기처럼 자유로웠다. 바람, 파도, 남방 식물, 햇살, 잔디밭, 들꽃과 새, 해안선, 절벽, 산성 등 거제의 풍광이 환한 곳마다 내가 좋아하는 사람들이 환하게 웃으며 손짓했다. 그들의 노래와 음성이 옆에서 들리는 듯 귓전에 울렸다. 평생 단 한 번 소풍을 다녀온 사람처럼 그곳이 못내 그리웠다. 감상적인 사춘기 소년이 되어 섬 곳곳에서 체험한 일들을 나는 그렇게 앓고 또 앓았다. 그러다가 문득 나는 2박 3일 동안 그곳에 '온전히 마음을 두었다'는 사실을

알게 되었다. 그것만은 결백했다. 이제 두 번 다시는 돌아
갈 수 없는 섬이었다.

삼단 장애물

어떤 사업을 도모하든 장애 없는 일은 없을 것이다. 작가에게도 창작활동을 알게 모르게 억압하거나 저해하는 요소들이 존재한다. 특히 작업 기간이 상대적으로 짧은 신예 소설가일수록 장애 요인이 더욱 많으리라 추측된다. 심지어 내 경우에는 아무런 방해물이 없어도 보름달 아래 자신의 그림자에 놀라 시름시름 말라간다는 영덕 게처럼 스스로의 그림자에 소스라치는 습성마저 있다. 나는 내 글쓰기를 가로막는 세 가지를 꼽아보았다.

제1단: 의존 엔진
"너를 망친 건 팔 할이 칭찬이야!"

아내에게 이 말을 들었을 때 나는 그녀를 알고 지낸 지 10년 만에 처음 상처를 받았다. 장편소설을 집필한다며 8개월 동안 생계를 뒤로한 채 허랑방탕하게 노닥거리다가 더이상 못 쓰겠다고 나자빠진 어느 날이었다.

700매까지 썼던 원고를 중도 포기했던 이유는 '자가 엔진'이 더는 가동되지 않은 탓이었다. 주위에서 누군가 "거, 대단하군." 혹은 "음, 잘 썼네!" 따위의 상투적인 칭찬 한마디만 해줬어도 안간힘을 쓰며 나머지 300매를 채웠을지 모른다. 그런데 중간 평가를 핑계로 주위 친구들에게 이메일로 습작품을 보내자 몇은 아예 읽지도 않았고 몇은 대충 읽고 시큰둥했다.

미완의 글에 대해 무슨 의견을 바라냐며 아내는 풀이 죽은 나를 위로했다. 설령 혹평을 듣더라도 끝장을 보는 게 프로페셔널한 자세라고 독려했건만 한 번 상실된 의욕은 쉽게 회복되지 않았다. 마침내 나는 공들여 쓴 글을 부수어 단편 서너 편으로 개작한 뒤 문예지에 게재하고 말았다. 당시 내 근시안으로는 잡지에 글을 발표하고 원고료를 받으며 반응을 살피는 일이 훨씬 기대할 만했다.

그러나 결과적으로 환호할 만한 반응도 없었고 통장에

입금된 고료는 8개월 동안 들인 노고에 비하면 초라한 액수였다. 매일 홈런을 치겠다고 호언장담하며 장타 연습을 하다가 실제 타석에서는 어설픈 번트를 노리다 아웃된 '비운의 방망이' 꼴이었다.

'의존 엔진'이란 누군가 봐주고 칭찬하면 좀 하는 척하다가 아무도 관심을 두지 않으면 가동이 정지되는 나약한 자기의지를 말한다. 어쩌면 이런 의존성은 특유의 막내의식에서 비롯된 것인지도 모른다. 어릴 적부터 하찮은 받아쓰기 점수를 받아도, 칭찬을 바라고 동요 한 곡을 불러도 부모 형제의 박수를 받으며 성장한 습관이 성인 이후에도 잔존하여 엉뚱한 형태로 전이된 것이다.

사실 지인들로부터 칭찬이나 격려 따위에 힘입어 글을 쓰고 안 쓰고 할 나이가 아니었다. 주위에서 그만두라며 뜯어말려도 담대히 나아가야 할 시기에 유아적 사고에 젖어 어처구니없는 짓을 저지른 셈이었다. 따지고 보면 아내의 말에 상처를 받은 이유도 그 발언 자체의 내용보다는 어떤 경우라도 끝까지 격려와 위로를 해줄 거라고 믿었던 아내에 대한 기대감이 산산이 부서졌기 때문이었을 것이다.

제2단: 책상물림

나는 중학교 1, 2학년을 거의 바둑에 빠져 살다시피 했다. 매일 수업이 끝나면 내가 살던 도시 한복판에 위치한 기원으로 달려가 밤늦도록 기보를 읽고 포석과 정석을 외었다. 당시 나는 한국기원에서 발행한 '아마 2급 자격증'을 갖고 있었지만 '화초 바둑'이라는 별명이 붙을 만큼 힘이 약했다.

어느 휴일엔가 기원에서 바둑대회를 개최했다. 사범님은 좋은 경험이 될 거라며 참가비를 대신 내주며 나를 출전시켰다. 평소 엄했던 사범님의 배려에 탄력을 받았는지, 대진 운이 따랐는지 알 수 없었으나 결승에 진출하게 되었다. 상대는 소위 '시장 바둑' 강호로 알려진 장 사장이었다. 검고 번들번들한 얼굴에 얇은 입술을 가진 장 사장은 매일 '방내기'나 두며 간혹 사기 바둑으로 몰려 멱살을 잡히곤 하던 파렴치였다.

'화초 바둑'과 '시장 바둑'의 대결은 그날의 하이라이트였다. 결승전 초반부터 나는 당황하기 시작했다. 이렇게 두면 분명히 저렇게 응수해야 하는데, 장 사장은 정석 따위는 무시해버리는 무규칙 이종격투기 선수였던 것이다. 그렇지만 마지막 판에서 나는 좌하귀 돌을 잡아놓은 상태여서 대세는 거의 결정이 나 있었다. 미리 계가를 끝낸 고수들이 옆에서 '시장 바둑'의 몰락을 예고하며 질펀한 농담으로 장 사장을 놀려댔다. 그때마다 우승을 코앞에 둔 나는 웃음을 참지 못했다.

"이런 얼빠진 놈, 어디서 히죽대! 집중 안 해! 너 하나도 안 이겼어!"

키득거리는 중에 어디선가 꿀밤 한 대가 세게 날아왔다. 마치 돌멩이가 날아와 정수리를 찍은 듯 눈물이 쏙 빠질 정도였다. 아마도 사범님은 내게 끝까지 정신을 놓지 말라고 경고해주고 싶었는지도 모른다. 그런데 '의존 엔진'을 가진 나는 그 꿀밤 한 대와 호된 꾸중에 페이스를 잃고 말았다. 그러다가 한 번도 본 적 없는 꼼수에 말려들어 잡아놓은 좌하귀의 상대 돌이 살아나자 마침내 돌을 던질 수밖에 없었다. 기사회생한 장 사장은 반상의 돌을 걷는 동안 한쪽 입술을 비틀며 번들번들한 웃음을 지었다.

"어찌나 곱게 자라신 화초인지 말이야! 이래가지고 어디 버티겠어?"

열네 살의 나는 얼굴이 빨개져서 인사를 한 뒤 곧장 화장실로 달려가서 엉엉 울었다. 다케미야와 고바야시의 포석을 줄줄 외우고 100개가 넘는 정석을 알고 있었지만 중요 대국에서 어이없는 꼼수에 걸려들 만큼 나는 실전에 약했던 것이다. 세수를 하고 나오자 사범님은 화난 얼굴로 크게 소리쳤다.

"인마, 써먹고 응용하라고 책을 보는 거지 그거에 눌리면 되나! 오늘부터 책 보지 마!"

아마추어 2급까지 기력을 향상했던 나의 바둑은 이후 급격히 추락했다. 나의 온실 화초 바둑은 '싸움 바둑', '전투 바둑'과의 승부에서 매번 뿌리를 드러내곤 했다. 정석을 익힌 후 이를 잊는 작업이 중요한데, 나는 너무 그대로 연연한 것이다. 결국 사범님이 배려해준 좋은 경험은 바둑돌을 놓게 되는 안 좋은 계기가 되었다.

지금도 나는 문예비평서 혹은 창작지도서를 접할 때마다 열네 살에 겪은 '화초 바둑'의 악몽을 떠올리곤 한다. 강의실과 도서관에서 밑줄을 그으며 노트에 정리하고 외웠던 각종 이론들, 술자리에서 때로 콧대를 세우게 하고 시험지 위에서는 박식한 듯 써내려가 높은 점수를 제공했던 문예이론과 창작방법론은 예전에 외웠던 포석과 정석의 다른 이름이었다.

소설을 집필할 때마다 스스로 만든 이론의 칼날을 들이대며 이리 깎고 저리 베다 못해 각종 트집을 잡아 쑤셔대는 바람에 자신을 무너뜨리는 경우마저 종종 있었다. 체계적으로 잘 알았더라면 읽고 쓰는 데 좋은 참고가 되었을 텐데, 실제로 겉핥기에 불과해서 차라리 모르느니만 못하게 된 셈이었다.

특히 메시지 전달에 대한 강박관념은 오랫동안 자유로운 창작을 옭아맸다. 작품의 주제, 작가 의도, 교시적 측면에 골몰하느라 오금을 펴지 못할 지경이었다. 어느 이교도 선지자의 "의미 있는 작가의 잉크 한 방울은 무의미한 열 사람의 피보다 숭고하다"는 위압적인 전언은 얼마나 많은 문장을 지레 겁먹게 하여 압살했던지…. 독자에게 작품을 통해 진중한 의미를 부여해야 한다는 압박감은 여전히 다 씻어내지 못한 관념의 때로 남아 있다.

제3단: 순진무구

지난 학기 어느 대학 문예창작학과에서 처음 소설 창작 강의를 맡았을 때의 일이다. 둥근 얼굴에 덩치가 크고 억센 턱을 가진 남학생이 수업이 끝나자 나를 찾아왔다. 습작품을 한 번 읽어달라는 부탁을 해서 반가운 마음으로 글을 읽었다. 그런데 내용이 그야말로 고리타분하고 순진무구했다. 맞춤법과 띄어쓰기는 물론이고 문장력도 엉망이었다. 거칠게 말해서 씨름을 하면 잘할 아이가 왜 체대를 가지 않고 예대를 왔는지 의문이 들 정도였다.

다음 주에도 열심히 쓰라는 격려와 함께 몇 군데 첨삭하여 지적해주자 남학생은 다른 단편소설을 갖고 왔다. 이후 과사무실에 비치된 내 서류함에는 일주일마다 그의 소설이 들어 있었다. 하나같이 일정한 줄거리도 없고 플롯도 세우지 않은 채 휘갈겨 쓴 글이었다. 녀석의 습작을 읽는 일이 서서히 끔찍해지기 시작했다. 보완점을 지적해도 전혀 고쳐지지 않았다.

그즈음 중간 과제물로 80매 내외의 단편소설을 제출하라고 했더니 급기야 그 남학생은 300매 분량의 중편소설을 써왔다. 소문을 듣자 하니 그는 다른 과목의 공부는 소홀히 하고 오로지 습작에만 매진한다고 했다. 보다 못한 내가,

"80매 내외의 단편을 제출하라고 했는데 중편을 냈구나?"

했더니 다음 시간에 녀석은 80매 내외의 소설을 또 한 편 써서 제출했다. 그 습작을 건네받을 때는 내 손이 정말이지 부들부들 떨렸다. 속도와 분량에는 나무랄 데 없었지만 도저히 이런 식으로 계속 읽을 수 없었다. 멀리서 그 녀석이 보이면 강사 신분인 내가 몸을 피하는 형국에까지 이르고 말았다. 아무런 방향도, 전략도 없는 이 무모한 스피드에 일종의 브레이크를 걸어줘야겠다는 생각이 들었다.

끝내 나는 그 학생에게 조언을 해주고 싶어서 수업이 끝난 어느 날 빈 연구실로 데리고 갔다. 마침 점심시간이었고 무조건 글만 써대는 순진무구한 그가 안쓰러워 자장면을 시켜 함께 먹었다. 그런데 녀석은 곱빼기를 단숨에 해치우더니 입 주위에 자장을 시커멓게 묻힌 채 트림을 하며 이렇게 말했다.

"선생님, 잘 먹었어요. 지금 쓰고 있는 거 빨리 완성해서 꼭 보여드릴게요."

고리타분한 나는 할 말을 잃고,

"그래, 열심히 하렴."

대답하고는 점심 자리를 끝냈다.

그날 나는 신문지로 빈 그릇을 감싸며 문득 교학상장敎

學相長을 떠올렸다. 가르침과 배움이 다르지 않고 가르치다 보면 배우게 된다는 뜻인데, 나는 그 남학생을 지도하는 위치가 되면서 오히려 내가 가진 순진무구함과 고리타분함에 대해 돌아보게 되었다.

사실 나 역시 등단 이후 지금까지 그냥 무조건 책상에 앉아 읽고 쓰면 모든 것이 다 해결될 거라는 미망에 가득 차 있었다. 혁신을 이뤄내는 창의력이나 독자의 수준 높은 요구 따위는 고려하지 않은 채 그저 열심히만 쓰면 문예지에서는 발표 지면을 알아서 내주고 출판사에서는 책을 출간해주고 원고료를 통장 계좌로 넣어줘서 의식주를 감당하게 될 줄로만 알았다. 이런 어이없는 순진무구는 낙관적인 삶의 자세도 아니고 긍정적 사고방식도 아닌 그저 나태한 자기 위안에 불과하다는 사실을 새삼 깨닫게 된 것이다.

삼단 장애우

지금까지 내 작품활동을 저해하는 세 가지 요인으로 자가 추진력이 부족한 의존 엔진, 실전에서는 힘을 못 쓰는 책상물림, 고리타분하고 순진무구한 태도 등에 대해 짚어보았다. 이 모두 내게서 뻗어 나와 나를 걸고 넘어뜨리는 장애물인 셈이다. 그러나 학인學人의 장애물 경주 지침서라 할 만한 『보왕삼매론寶王三昧論』에서는 "공부하는 데 마음에 장애 없기를 바라지 말라究心不求無障"며 다음과 같이 이르고 있다.

본래 장애에는 뿌리가 없다는 것을 이해하면
장애 스스로 고요해져 이에 걸릴 것이 없어지나니
그러므로 성인께서 말씀하시되
'장애 속을 자유로이 거닐어라' 하셨느니라

解障無根
卽障自寂障不爲礙
是故大聖化人
以障碍爲逍遙

요약하면 이는 장애 속에서 깨달음을 얻으라는 뜻으로 보인다. 오랫동안 키워온 저 세 가지 적敵을 단번에 멸할 수는 없으니 이처럼 막히는 데서 도리어 통함을 구하는 수밖에 없어 보인다. 성현께서도 장애를 벗 삼아 큰 도道를 얻으셨다 하니 그나마 위안이다. 따라서 나는 이 글의 제목

을 '삼단 장애물'이 아닌 '삼단 장애우'로 바꿔야 할지 모
르겠다.

위대한 공포

1.

플라톤의 저작 『프로타고라스』를 보면 공포는 무지에서
비롯된다고 한다. 무서운 것이 무엇이고 무섭지 않은 것이
무엇인지 전혀 분별할 수 없는 상태가 바로 공포라는 것이
다. 반대로 무서운 것과 무섭지 않은 것을 구분하는 지혜
를 용기라고 한다. 따라서 용기 있는 사람들은 무서워하지
않는다. '위기와 기회'가 다른 것처럼 보이지만 결국 하나
이듯 어찌 보면 '공포와 용기'는 대척점에 있으나 둘 간에
는 상통하는 지점이 있다.

2.

몇 해 전 MBC에서 방영된 〈나는 가수다 2〉를 보면 공포와 긴장의 진화에 대해 숙고하게 된다. 첫 시즌에서 백지영은 가수 인생에서 가장 큰 패닉을 이 무대에서 겪었다고 밝혔다. 이번 시즌에서는 선정 가수를 A, B조로 나누어 다양성을 확보하고 생방송 당일 상위권과 하위권을 발표하여 긴장감을 배가했다. A, B조 상위권은 상위권끼리 우위를 경쟁하고, 하위권은 하위권끼리 탈락을 모면하기 위해 분투하는 시스템을 만들어 스릴을 높인 것이다.

따라서 상황에 따라 약간의 변동이 있었지만 첫 시즌에서는 한 가수의 3주 방송 분량에 탈락자가 발생한 것에 비해 〈나는 가수다 2〉에서는 2주 방송 분량에 탈락자가 발생했다. 내로라하는 가수들과 뮤지션들에겐 자존심을 건 두려운 싸움이었을 것이다. 그러나 이처럼 정교하게 계획된 공포 덕에 그들은 자신이 가진 최선의 기량을 발휘할 기회를 얻고 청중들은 더욱 완성도 높은 무대를 접하게 됐다.

3.

어제오늘 일은 아니지만 작가에겐 가난이 그림자처럼 따

라다닌다. 따뜻한 커피잔을 옆에 두고 낭만적인 사랑 이야기를 쓰는 직업으로 작가를 생각한다면 아름다운 오해다. 작가는 펜 한 자루 들고 이 세상을 향해 뛰어든 무사와 같다. 작가는 공시적으로 동료, 평자, 독자와 싸우고 통시적으로는 자신의 이전 작품뿐 아니라 동서고금의 명작과도 싸운다. 무엇보다 이들과 잘 싸우지 못하는 스스로와 가장 많이 싸운다. 그리고 가장 무서운 적인 가난과 처절하게 싸운다.

「내 마음의 옥탑방」으로 제23회 이상문학상을 수상한 박상우는 서른한 살이 되던 해 소설가로 등단하자 교직을 그만두고 아내와 함께 상경한다. 안정적인 직장을 버리고 글로 가계를 꾸리는 일은 지극히 어려워서 남다른 각오를 요구했다. 그는 가장 크고 무겁고 무섭게 생긴 칼 한 자루를 구해 책상에 두고 글을 썼다. 집필 중 몸에 열이 나거나 졸릴 때마다 그는 칼을 들어 이마와 목에 대었다. 차가운 칼은 그의 몸을 식히고 잠을 깨웠을 것이다. "쓰지 않음은 곧 죽음"이라는 의식이 이 작가의 문학성을 꽃피우고 결국 유수 문학상 수상자로 만들었다.

4.

지난겨울 히말라야 트레킹을 떠나는 사람들의 수가 가파르게 상승했다는 기사를 읽었다. 히말라야 트레킹의 최대 걸림돌은 바로 고산병이다. 일단 고산병에 걸리면 목적지를 코앞에 두고 산행을 포기할 수밖에 없다. 아무런 치료제가 없기에 그저 현재의 고도보다 아래로 내려가서 회복되기를 기다려야 한다. 이를 어기다가 목숨을 잃는 방문자가 매해 생긴다.

5년 전 겨울, 에베레스트 라바르마 산장(4417미터)에서 생마늘을 통째로 씹고 있는데, 중년의 산사나이가 다가왔다. 나는 전날 밤에 두통과 몸살, 불면에 시달리다 산행을 포기한 상태였다. 그리고 무작정 고소증에 좋다는 마늘을 먹는 중이었다. 정신이 반쯤 나간 상태여서 맛이 어떤지, 속이 쓰린지도 몰랐다. 폭설을 뚫고 보름을 걸었는데, 최종 목적지를 지척에 두고 하산하게 될 상황이었다.

"걱정하지 말라고. 혼자서 히말라야에 온 사람은 절대 고산병에 걸리지 않아."

히말라야에 혼자 온 사람은 고산병에 걸리지 않는다니? 참으로 비과학적이고 근거가 불충분한 의견이 아닐 수 없었다. 그는 일본의 산악 사진가로 역시 혼자 설산을 찾아온 사람이었다. 그저 위로의 말이려니 하며 웃어넘기려는 내게 그는 힘주어 말했다.

"정말이야. 내가 그 증거니까 믿어보라고."

그는 혼자서 이곳을 열 번 방문했는데, 단 한 번도 고산병에 걸린 적이 없다고 했다. 아주 짧은 대화였으나 많은 생각이 들었다. '그렇다면 고소증을 예방하는 것은 이 마늘이 아니라 외로움이 아닐까? 히말라야 눈길을 혼자 걷는 외로움이 고소증보다 더 지독하다는 뜻일까? 고소증보다 지독한 외로움을 견디고 있으니 고소증 정도는 걱정할 필요가 없다는 말이겠지?'

그 순간 묘하게도 나는 두려움을 버리고 용기를 얻었다. 그리고 놀랍게도 고산병에 걸리지 않고 목표했던 일정을 마쳤다. 혼자서 설산을 걷는 사람은 의지할 데가 전혀 없으므로 늘 조심하고 경계하는 까닭인지도 모르겠다. 고산병은 걸림돌이 아니라 산행을 성공적으로 이끄는 디딤돌이었다.

5.

생명을 가진 것들은 본능적으로 공포를 갖고 있다. 공포는 생명 유지를 위해 이로운 것과 해로운 것을 구분하는 일종의 감지장치다. 그리고 심리학자 프로이트가 밝혀냈듯 본능의 힘을 긍정적으로 이용하는 것보다 막강한 잠재력은 없다. 혹독한 추위와 더위의 차이가 나무의 부름켜를 키우고 선명하게 만들 듯 풍성한 인생은 긴장과 이완의 길항 속에서 얻어진다. 당신을 때로 소름 끼치게 만들고, 울게 만들고, 간절히 기도하게 만들고, 밤을 새워 뒤척이게 만드는 공포가 있다면 그것은 감사한 일이다. 지금보다 더 나은 나로 걸음을 떼게 하는 그것을 우리는 '위대한 공포'라고 한다.

셋 ——

겨울 강을 건너는 그대에게

나의 '코레일 아티스트'에게

2년 전 여름부터 당신을 봤습니다. 당신은 마른 체형에 늘 짧게 이발을 하고 잘 다린 바지를 입고 다닙니다. 풍상을 겪은 탓에 얼굴은 다소 까칠하고 이마엔 주름이 깊지만 서른 후반인 저와 나이 차가 그리 많지 않을 듯합니다. 한 손에 잡힌 작은 수레는 얼마나 길을 잘 들였는지 당신을 졸졸 따라다니는 생명체로 여겨질 정도지요. 제가 물병 덮개, 토시, 무지개 우산 등을 구입한 단골임을 당신은 모릅니다.

출퇴근 시간대를 벗어나면 지하철은 한산해집니다. 나이 드신 어른들, 아이를 동반한 아주머니들, 오후 강의를 들으러 가는 대학생들이 주로 이용하는 시간이지요. 내부 공기는 갑갑하고 안내 방송은 졸리고 승객들은 권태롭게 앉아서 목적지에 닿기만을 기다립니다. 특히 한여름에는 그 지루함이 이를 데 없지요.

그렇게 지루한 틈에 당신은 손수레를 끌고 등장했습니다. 독특한 억양으로 멋들어지게 인사하는 모습이 노련한 희극배우 같았습니다. 당신은 '미용 오이 칼'을 허공에 쳐들고 주위 시선을 모았지요. 그리고 대뜸 그것으로 얇게 썬 오이 두 장을 양 볼에 연지처럼 착 붙이고 설명을 시작하더군요. 그 모습이 어찌나 재미있던지 그 칸에 앉은 모두가 남녀노소 불문하고 서로 마주 보며 웃음을 터뜨렸지요.

당신이 좌중을 뒤흔들고 사라진 뒤에 승객들의 손에는 '탤런트 김태희도 애용한다'는 플라스틱 오이 칼이 들려 있었습니다. 저 역시 그 상품을 샀지요. 그 이유는 "손쉬운 미용효과, 반영구적 사용, 국산 제품"이라는 홍보 때문만은 아니었습니다. 어쩌면 승객들이 앞다퉈 당신의 물건을 구입한 까닭은 '진정으로 자기 일을 즐기는 사람'을 봤기 때문일 겁니다.

그래요, 천 원짜리 상품을 그렇게 흥미롭게 파는 사람은 처음 보았지요. 당신은 질서를 위반하는 상인이라기보다는 아트 퍼포먼스를 하는 거리예술가와 다름없었습니다. 제가 지불한 '단돈 1000원'은 그 공연의 티켓인 셈이지요. 당신이 옆 칸으로 옮겨가자 승객들은 고개를 쭉 빼고 당신의 퇴장을 아쉬워했죠. 그리고 그곳에서도 연이어 터지는 웃음소리를 들었습니다.

당신은 한 칸에서 절대 2분을 넘기지 않더군요. 1분 동안의 모자라지도 넘치지도 않는 간결한 제품 안내, 1분 동안의 다이내믹한 판매를 한 뒤 유유히 사라지더군요. 지상의 고단한 삶을 사는 서민들에게 그 지하의 퍼포먼스는 찬물 한 잔을 마신 듯한 청량감을 주었습니다. 저는 그때부터 당신을 '2분의 승부사' 혹은 '코레일 즉흥 아티스트'로 부르게 되었습니다.

물론 소음과 불쾌감을 주는 행상들을 만날 때가 있습니다. 그들은 아직 판매 전략이나 전술을 익히지 못한 수습생이겠죠. 또한, 당신의 일을 하찮게 여기고 업신여기는 사람을 본 적도 있습니다. 심지어 혹자는 지상에서 환영받지 못해 지하에서 먹고살 수밖에 없는 이들이라며 손가락질을 하기도 합니다.

그러나 오늘을 부지런히 사는 당신에게 말씀드리겠습니다. 이 세상에 하찮은 직업은 없습니다. 그것을 하찮은 직업이라고 여기는 하찮은 사람이 있을 따름입니다. 설령 이 세상의 눈에 당신의 일이 하찮게 보일지라도 제게는 당신이 전혀 하찮게 보이지 않습니다.

당신이 파는 물건은 작고 보잘것없는 것일 수 있지만 당신의 일은 결코 그런 일이 아닙니다. 자신을 환영하지 않는 장소를 매일 찾아가기란 절대 쉬운 일이 아닙니다. 더욱이 그곳에서 사람의 마음을 바꿔놓는 작업은 얼마나 어려운 일입니까? 그런데 당신은 승객의 마음을 바꿔놓을 뿐 아니라 안주머니 깊숙이 넣어둔 지갑을 자발적으로 열게 만드는 사람입니다. 아무도 환영하지 않는 곳에서 결국엔 모두가 당신을 환영하게 만드는, 누구나 쉽게 얻지 못할 기술을 보유한 전문가입니다.

저는 당신이 그 기술을 발전시켜 새로운 분야에 적용하는 날을 상상합니다. 그렇게만 된다면 어떤 이도 예상하지 못한 성과를 이루어내리라 믿습니다. 새해가 밝아옵니다. 어쩌면 지난해보다 더 각박할지 모르나 당신이 그동안 서민들에게 뿌린 웃음과 활력이 그대로 당신에게 돌아가기를 기원합니다. 그럼 부디 건강하시기를.

2018년 1월 3일

소설가 해이수

막 정들기 시작한
나의 '까칠한' 벗에게

희준아, 너와 나 사이에는 사실 이렇다 할 우정이랄 게 없다. 너와 나의 차이점을 말하려면 하루로 부족하지만 공통점을 찾으려면 며칠을 생각해야 한다. 우리는 학창 시절을 함께 보내지도 않았고 서로의 작품을 읽고 감동을 받은 적조차 없다. 서울 강남 한복판에 위치한 너의 주소지와 위성도시 변두리에 자리한 나의 거처는 절대 가까운 거리도 아니다. 같은 대학에 강의를 나가지만 요일이 달라서 함께 점심을 먹으며 친해질 만한 여유마저 없다.

내가 많은 이에게 '신중', '섬세', '감수성' 따위의 어휘를 자주 듣는 데 비해, 너의 이름 뒤엔 '까칠', '빈정', '시비조' 등의 꼬리표가 붙는 걸 보면 우리는 성격도 상반된

편이다. 지난 학기를 나와 함께 '신중히' 보냈던 학생들을 올해는 네가 '까칠하게' 가르치고, 네가 '시비조'로 강의했던 아이들의 이름을 이번 학기엔 내가 '섬세하게' 호명한다. 양쪽을 모두 접한 학생들에게서 우리는 곧잘 비교보다는 대조의 대상이 되곤 한다.

더욱이 같은 사람을 만나더라도 우리는 상이한 렌즈와 앵글로 접근한다. 나는 가능하면 받아들이고 웃어주려 하지만 너는 대체로 분석하고 파악하려 든다. 고전주의와 낭만주의의 성향이 짙은 나에 비해 너는 자연주의와 모더니즘의 어느 경계에 선 사람으로 보인다. 그래서 나는 너에게 그 사람과 있었던 유쾌한 해프닝을 주로 이야기하고 너는 나에게 그런 에피소드가 일어날 수밖에 없는 심리적 원인을 해부하여 설명한다.

이렇게 다름에도 불구하고 혹은 이렇게 달라서인지 우리는 때때로 이런저런 핑계를 만들어 술을 마신다. 이전의 무뚝뚝한 네가 이제는 나의 농담에 간혹 키득거리고 한낱 독설로 치부하던 너의 분석에 지금의 나는 자주 머리를 주억거린다. 나는 너의 음색을 좋아하진 않지만 너의 독특한 억양을 흥미로워하고, 너의 넘치는 성량이 귀에 거슬리지만 웬만한 가수 뺨치는 너의 노래를 좋아한다.

내가 '우정'에 관해 묻자 너는 이렇게 대답했지.

"우정은 믿음이지. 믿음은 믿음 외의 그 어떤 것과도 교환하지 않는 것을 원칙으로 한다."

희준아, 너와 나 사이에 우정 혹은 믿음의 감정이 교환될지는 여전히 미지수다. 그런 미덕의 다리를 놓기에 우리는 '문득' 만나서 서로 '불현듯' 딴소리를 하며 취했다가는 '별안간' 헤어지기 일쑤니까. 그러나 그 간극 속에서 내가 발견한 공통점이 하나 있다면 우리는 모두 믿음 또는 이해의 소통을 갈망하는 나약한 사람이라는 것이다. 그 실낱같이 가는 선 하나를 간신히 쥐고 매번 술잔을 부딪치는지도 모르겠다. 그럼, 꽃이 지기 전에 보자.

2007년 춘삼월에 해이수

균형의 춤

당신도 익히 알고 있듯 우리가 사는 세계는 상이한 것들이 한 몸으로 뒤섞여 있습니다. 겨울바람 속의 봄바람, 낮과 등을 맞댄 밤, 울음이 섞인 웃음, 편안에 도사린 불안, 사랑에서 발아한 증오, 찰나에 깃든 영원, 죽음을 끌어안은 삶…. 어떤 선택이든 장점과 단점이 공존하기에 우리는 시선을 어디에 둘까 늘 고민합니다. 시선을 두는 쪽으로 삶이 스며든다고 배웠기 때문이지요.

당신이 알고 있듯 저는 지난 3년 가까이 장편소설과 힘든 씨름을 했습니다. 그리 대단치 않은 능력을 지닌 작가가 시간을 죽이기에 적합한 장르가 장편이라는 사실을 알게 되었지요. 곧 찍힐 것 같은 마침표는 뒤로 한없이 미끄러져 찍히지 않았습니다. 희망과 절망을 오르내리던 롤러 코스터는 바닥으로 곤두박질쳐서 꿈쩍하지 않았습니다. 한밤중에 눈을 뜨면 방 안에는 아내와 어린 두 딸이 곤히 잠들어 있더군요. 당장 이불을 박차고 소리를 지르며 뛰쳐나가고 싶은 적이 한두 번이 아니었습니다.

당신도 경험했듯 도피 충동이야말로 여행의 근원적인 모티브이지요. 그러나 본업과 가정을 쉽게 회피할 수 없는 저로서는 천천히 파괴되는 스스로를 방관할 수밖에 없었어요. 도피하고 싶으나 그렇게 하지 못하는 결박된 자아를 구원하기 위해 선택한 것이 요가였지요. 집 근처 요가원은 도망치고 싶은 절실한 욕망에 실질적으로 응답했습니다. 여행이 육체의 지리적인 이동이라면 요가는 내면의 심리적인 이동이더군요. 여행이 구체적인 시공간의 탐색인 반면, 요가는 무한대의 시공간을 향한 열림이었습니다.

당신에게 말하지 않았지만 요가를 하면서 저는 비밀스런 꿈의 세계로 입문했습니다. 어두운 방 안에 퍼지는 주술적인 선율, 뜻은 모르나 소리 내 외우고 싶은 고대 인도어의 구령, 아로마 초와 향에서 나오는 향기, 단전 깊은 곳에서 끌어올려 코로 뱉는 호흡을 하다보면 이곳이 아닌 다른 세계로 편입되는 스스로를 발견했습니다. 그곳은 아득하고 아늑하며 제가 주인인 공간입니다. 아니 굳이 주인이 아니어도 불편하지 않은 세계였어요.

요가를 꾸준히 하는 사람들은 건강하고 아름답습니다. 그들과 몸을 굽히고 펴고 비틀고 늘리고 벌리고 지탱하며 땀을 흘리는 일은 에로틱합니다. 제게는 '야동(야한 동영상)' 보다 '요동(요가 동영상)'이 훨씬 기분을 고양시킵니다. 관절의 묵은 빗장이 풀리며 쏟아져 들어오는 빛과 바람을 맞이하는 일은 경이롭습니다. 몸이야말로 꿈과 에로스의 통로이기 때문입니다.

당신이 아는지 모르겠으나 요가의 요체는 '치우침 없음'이었어요. 우리 몸의 왼쪽과 오른쪽의 균형, 앞과 뒤의 균형, 위와 아래의 균형, 안과 밖의 균형, 그리고 육체와 정신의 균형…. 중심을 잡다 보니 얼마나 뒤뚱거리며 살았는지를 새삼 알게 되었습니다. 저는 요가를 통해 비로소 몸과 마음, 호흡과 영혼에 의식적인 정렬과 균형을 끌어들일 수 있었어요.

흡사 벌을 받는 듯한 요가 동작은 무엇을 채우기보다는 비워내기 위해 고안된 것이지요. 요가 수련 마지막에는 '사바사나'라는 송장 자세가 있습니다. 모든 것을 놓아버리는 일종의 임사 체험이지요. 에로스의 궁극이 자신을 죽이는 황홀한 통증이듯 극도의 쾌락과 극도의 고통은 서로 맞닿아 있습니다. 과잉된 욕망으로 충혈된 에고를 죽이는 까닭에 그런 자발적인 고행은 자아 상실이 아니라 풍요로운 재생에 가깝습니다. 요가 수련은 제게 삶 자체의 은유적 훈련과 같았습니다.

당신이 전에 말한 것처럼 꿈이란 현실의 그림자이지요. 멀리 떠나서 발견하는 것은 대개 가까이 있던 것입니다. 다시 말해 우리는 현실의 소중한 것을 찾기 위해 때로 꿈을 꾸며 떠납니다.

캄캄한 밤 늪에 빠진 자가 안간힘을 쓰며 나뭇가지 위에 걸린 별빛을 눈에 담듯 저는 도피를 위해 에로스를 꿈꿨습니다. 그리고 그 꿈을 깊이 꾼 후에야 제가 처한 현실의 한계를 인정하고 받아들였습니다. 또한 이와 같은 마음으로 타인과 세상을, 제 작업을 그 모습 그대로 수용하게 되었습니다. 타나토스에 발목을 담근 저는 유입된 에로스를 통해 균형을 갖추며 제 삶의 중심을 잡았습니다.

이제 저는 당신이 예상할 수 없을 정도로 단순해졌습니

다. 몸에서 몇 킬로그램의 기름을 덜어냈고 근육은 한층 단단해졌으며 숨어 있던 키가 손가락 한 마디만큼 솟았습니다. 노력으로 발전할 수도 있지만 힘을 뺀 균형만으로도 성과를 낸다는 것을 알게 되었습니다. 내일이 되어도 뻔히 반복되는 삶을 견디기 위해 저는 이 단순한 균형을 기억할 것입니다. 이 반복 패턴을 부단히 지속하기 위해, 삶의 물결 위에 무수한 동심원을 그리며 어떤 파동을 일으키기 위해!

2014년 2월 말 겨울과 봄의 틈에서
당신의 해이수로부터

겨울 강을 건너는 그대에게

눈 덮인 숲의 오두막에서 그대의 이름을 부릅니다. 간혹 마당에 나와 심호흡을 하면 너무 맑고 시린 공기 탓에 코피가 터질 듯합니다. 드나드는 이는 없지만 빗자루를 들고 눈을 치웁니다. 이상하게도 저는 십자가를 쥐고 있을 때보다 빗자루를 들고 있을 때 더욱 신성하고 정갈한 기분이 듭니다.

작년 겨울 이곳에서 그대와 함께 눈을 쓸던 날이 떠오릅니다. 폭설이 쏟아진 다음 날이었지요. 싸리비를 들고 제가 열심히 마당에 길을 내고 있는데, 그대가 느닷없이 방으로 뛰어 들어가 카메라를 들고 나왔어요. 연신 셔터를 누르며 깔깔대던 그대의 웃음소리가 지금도 들립니다. 영문을 모르는 제게 그대는 이렇게 말했죠.

"오, 펜을 쥔 모습보다 빗자루를 든 모습이 훨씬 멋있네요!"

글을 쓰는 저에게 그 말은 칭찬이었을까요? 한동안 기분이 묘했던 건 사실이었어요. 하지만 시간이 흐를수록 이해가 되더군요. 펜을 쥐고 이맛살을 찌푸리는 사람보다 빗자루를 들고 온몸으로 길을 내는 사람이야말로 보르헤스가 말하던 '조용히 이 세상을 구원하는 이'가 아닐까요. 간혹 저는 펜이라는 도구가 세상을 청결히 하는 빗자루의 대척점에 위치할지도 모른다는 상상을 합니다. 부디 오해는 마세요. 펜이 상징하는 '이론'의 폄하라기보다는 빗자루로 대변되는 '실제'의 위대성에 방점을 둔 견해일 뿐이니까요.

혹시 기억나세요? 그날 밤 마을 주민이 가져다준 녹두빈대떡을 프라이팬에 데워 먹었잖아요. 이런저런 대화 끝에 그대가 제 어릴 적 이야기를 듣고 싶다고 했지요. 그런데 밤이 너무 깊어서 각자의 방으로 돌아갈 수밖에 없었어요. 다음을 기약했지만 끝내 그대는 그 이야기를 듣지 못한 채 먼저 오두막을 떠나게 되었어요. 오늘은 그 이야기를 꺼내 볼까 합니다. 그러고 보니 이 이야기를 입 밖에 낸

적은 한 번도 없었네요.

열 살쯤 되었을 때 아버지와 단둘이 소풍을 간 적이 있어요. 중복 무렵이었을 거예요. 어머니가 아버지의 배낭에 닭죽과 냄비를 넣어주셨고 제 배낭에는 음료수와 과자를 챙겨주셨지요. 가족끼리 야유회를 간 적은 있었어도 아버지와 둘이서만 놀러 간 적은 그때가 처음이었어요. 아버지도 어머니도 표정이 그리 좋지 않았고 급작스레 소풍 통보를 받고 따라나선 저 역시 마냥 신나지만은 않았어요.

버스를 타고 한참을 달려 산이 보이는 시골 정류장에 내렸어요. 그리고 숲의 심장 쪽으로 몇 시간이나 걸어 올라갔지요. 아버지와 저는 서로 말이 없었습니다. 당시 아버지는 직장에서 막 쫓겨난 상태여서 심기가 편하지 않았거든요. 직장 상사와 제대로 한바탕 붙었다는 소문이 어린 제 귀에까지 들렸는데, 쫓겨날지 알고서 한바탕 붙은 것인지, 한바탕 붙은 탓에 쫓겨난 것인지는 여전히 의문입니다.

점심때가 훌쩍 지나서 우리는 한적한 계곡에 자리를 잡았어요. 아버지는 닭죽을 냄비에 담아 끓이고 저는 계곡물에 발을 담그고 놀았어요. 닭죽이 구수하게 끓자 우리는 별다른 말 없이 맛있게 먹었습니다. 주위에는 아무도 없었어요. 그저 흐르는 물소리와 솔숲 사이로 비껴드는 햇살이 눈부신 날이었습니다.

늦은 점심을 먹고 나서도 아버지와 저는 그 자리에 몇 시간 동안 앉아 있었지요. 그리 지루하지는 않았어요. 실업자가 된 아버지는 담배를 태우며 그저 하늘만 바라봤고 저는 새소리를 듣거나 곤충을 관찰하며 놀았습니다. 숲이 주는 특유의 온유한 휴식을 누렸던 것이지요.

이윽고 아버지가 배낭을 메고 일어섰습니다. 이제 그만 내려가자는 뜻이었어요. 그렇게 산에서 내려오는 게 그날의 일정이었던 거예요. 덥고 짜증스러운 복날 실업자인 아버지가 막내아들과 계곡에서 닭죽을 먹고 내려오는 게 전부인 덤덤한 소풍 말이지요.

그런데 1시간을 넘게 걷다가 상황이 심상치 않다는 것을 눈치채고 말았습니다. 아버지는 자주 걸음을 멈추고 주위를 두리번거렸죠. 혼잣말을 하거나 고개를 갸웃거렸어요. 날이 무섭게 저물었어요. 인적도 없고 숲은 끝날 것 같지 않았습니다. 아버지가 걸음을 뗄 때마다 배낭 냄비 속에 든 두 개의 숟가락이 계속 덜그럭댔습니다. 점점 아파지는 다리와 무서움을 참으며 저는 조심스레 물었습니다.

"아빠, 우리 오늘 집에 안 가요?"

흠칫 놀란 아버지는 지금 가는 중이라고만 했죠. 그러면서 이렇게 덧붙였어요.

"응, 더 빨리 가려고 하는 거야. 내가 이 산을 얼마나 잘 아는데! 너 모르니? 내가 여기서 일했잖아. 이 숲은 내 손바닥처럼 훤해!"

맞아요. 아버지 직업은 지도 제작과 관련이 깊었어요. 어쩌면 해고 직전 이 산을 측량하면서 나중에 한번 소풍을 와야지 마음먹었을지도 모르지요. 지금 생각하면 산의 고도나 면적을 측량하는 일과 산길을 아는 것은 꽤나 별개의 일인데, 당시엔 의심할 수가 없었지요. 우리는 어두운 숲속을 한참 헤맸습니다. 랜턴조차 없어서 내가 몇 번 돌부리에 채어 넘어지자 아버지가 내 손을 잡았지요. 땀이 흥건하여 축축하고 차가운 손이었어요. 아버지와 나는 몇 번인가 비명을 지르며 서로 뒤엉켜 넘어졌습니다.

결국 그날 밤 우리는 임도에서 작은 트럭을 만나 간신히 산에서 내려올 수 있었습니다. 전조등 불빛을 보자 필사적으로 양손을 흔들던 아버지의 모습이 여전히 선명합니다. 배낭에서 요란스레 뛰던 숟가락 소리까지요. 땀에 흠뻑 젖은 아버지는 트럭 안에서 제게 슬쩍 물었지요.

"차 타고 내려오니까 기분 좋지, 그치?"

그대여, 그러고 보면 저는 '숲을 아는 것과 통과하는 것의 차이'를 꽤 일찍 배운 셈입니다. 그럼에도 불구하고 저는 성년 이후 몇 번인가 숲에서 길을 잃었습니다. 막연히 아는 것과 직접 겪는 것 사이에는 폭을 가늠할 수 없는 강이 흐르더군요. 어쩌면 그 차가운 물살의 강을 몸소 버둥대며 건너는 일이 산다는 것인지도 모르겠습니다. 다만 겁내지 않고 한 발 한 발 떼는 사람만이 자신의 강폭을 줄일 수 있겠지요. 돌아보면 주위의 많은 이가 그렇게 강을 건너고 있습니다.

그대여, 이제 그만 빗자루를 놓고 책상 앞으로 돌아가 펜을 들어야겠어요. 아, 제발 그렇게 웃지 마세요. 혹시 그거 아세요? 때로는 한 자루 펜의 무게가 빗자루 수백 개의 무게보다 훨씬 무겁다는 사실을.

2009년 1월 대한大寒 무렵

겨울 숲 오두막에서 해이수

마사이 마라에서

잠보! 케냐의 평원에서 그대를 생각합니다. 사바나의 바람이 뺨을 부드럽게 어루만집니다. 이곳은 인류 시원의 빈들입니다. 소란스러운 통신 장비도 없고 호들갑스러운 뉴스도 없습니다. 몇 시간을 달려도 끝이 없습니다. 오직 하늘과 초원과 나무와 야생동물뿐입니다. 지평선만으로도 눈물이 핑 돌 만큼 충분히 아름답습니다. 아름다움은 때로 이토록 단순합니다.

저 푸른 하늘과 누런 들판이 맞닿은 지평선을 천천히 지우며 기린이 걸어갑니다. 수만 마리의 누우 떼가 명상에 잠긴 듯 풀을 뜯습니다. 예민한 임팔라 무리는 사방으로 끝없이 뛰어다닙니다. 웅덩이에서는 코끼리 가족이 서로에게 물을 뿌려주며 정답게 목욕을 합니다. 하이에나조차 정겹습니다. 짐승들은 서로가 간격을 유지하며 서로의 풍경이 되어줍니다.

사파리 차에는 네 명의 동행이 있습니다. 항상 단독으로만 다녔는데, 처음 떠난 단체 국외여행인 셈이네요. 단체가 아니고서는 닿을 수 없는 곳이 있습니다. 단체라서 더 힘이 되고 단체라서 덜 불편합니다. 그러나 외로움만은 어쩔 수 없네요. 단체로 있으니 단체로 외롭습니다. 모든 존재는 어디에 있든, 누구와 있든 세상의 중심이면서 변방의 끝이라는 말이 와닿습니다.

그러나 내가 그대를 호명하는 순간 그대와 연결되듯 우리는 서로 긴밀히 연결되어 있습니다. 누구의 동료로, 동료의 후배로, 후배의 스승으로 어떤 명칭이든 함께 아프리카를 바라보며 사파리 차 안의 공간을 공유합니다. 열흘동안 우리는 따로 또 같이 지낼 것입니다. 대화를 나눌 때뿐 아니라 사진을 찍을 때조차 우리는 서로에게 주인공이자 조연입니다.

이곳에서 저는 타자를 소유하는 것보다 스쳐 지나가는 법을 배웁니다. 해와 흙과 풀과 바람과 그 안에 서식하는 동식물만이 주인인 이 지구의 공터에서 우리는 아무런 흔적도 남기지 않고 잠깐 그림자만을 드리운 채 통과합니다. 저들이 오랜 세월 이룩한 관계와 거리를 해치지 않으면서 스쳐 지나가는 법을 배웁니다. 이것이야말로 다른 생태계에서 온 우리가 저들을 존중하는 최대한의 방식입니다.

일행 한 분이 저에게 소주 팩을 건넵니다. 그분은 제 친구가 아는 분의 선생님입니다. 알코올이 단체의 외로움을 경감시킬 수 있다고 믿는 분이지요. 몇 번을 사양했지만 몇 번을 다시 권합니다. 그분은 저와 알코올로써 관계 맺기를 시도하나 봅니다. 때로 알코올은 관계를 맺어주는 인류 최대의 문화 장치입니다.

술에 취하니 초원이 새삼 바다 같습니다. 얼룩말 무리는 수만 마리의 줄돔 떼와 흡사하고, 코끼리는 고래처럼 보이며, 누런 가젤 무리가 일제히 달릴 때는 황다랑어 떼의 군무와 비슷합니다. 저들 사이를 유유히 지나가는 사파리 차는 한 척의 작은 잠수함입니다. 우리가 저들을 즐기는 게 아니라 저들이 우리를 더욱 즐기는 눈치입니다.

오래전 그리스 철학서에서 읽은 내용이 떠오르네요. 조물주께서는 연약한 동물에겐 빠른 속력을 주셨고, 속력이

더딘 동물에겐 강한 이빨을 주셨으며, 속력과 이빨이 없는 나약한 동물에겐 날개를 주셨다고 합니다. 그렇게 각자에게 고유한 능력을 부여하여 생존을 도모케 한 것이지요.

불현듯 의문이 듭니다. 조물주께서는 저에게 무엇을 주셨을까요? 저는 저들만큼의 속력도 없고, 강한 이빨도 없으며, 날개도 없습니다. 그래서 저는 열매가 풍성한 곳으로 빨리 달리지 못하고, 누군가를 물어뜯지 못하며, 원하는 곳으로 훌쩍 날아가지도 못합니다. 제가 최대한 생각하기에 조물주에게서 제가 탁월하게 부여받은 것은 그리움뿐입니다.

그런 까닭인지 제 사전의 최고 문장은 '보고 싶다'입니다. 제 사전 안에서는 이 세상의 어떤 미사여구도 '보고 싶다'라는 표현을 뛰어넘지 못합니다. 눈 내리는 겨울밤 제가 쓰는 모든 편지는 '보고 싶다'라는 뜻의 다른 기호입니다. 봄비 오는 거리에서 제가 거는 전화는 '보고 싶다'라는 말의 다른 목소리입니다. 우리는 근본적으로 연약한 존재여서 계속 새로운 관계를 원하면서도 이전의 관계를 그리워합니다. 그래서 끝없이 보고 싶은 것인지도 모릅니다.

혹시 제 사전의 그다음 최고 문장이 무엇인지 아세요?

'안고 싶다'입니다. 부디 오해는 마세요. 이는 살과 살의 만남을 뜻하기보다는 경계를 지우고 그대와 동등한 위치에서 소통하고 싶다는 의미입니다. 머리로 하는 것이 아니라 가슴으로 주고받는 행위 말이지요. 새로운 관계를 두텁게 하고 이전의 관계를 새롭게 하기 위해서는 단지 보는 것만으로는 부족하니까요. 우리는 가슴으로 서로를 주고받은 법이 그리워서 술잔을 주고받는지도 모르겠습니다.

아, 저기 좀 보세요! 유독 저 평원에 서 있는 한 그루 우산나무에서 눈길이 떨어지지 않네요. 촛불처럼 돋아나 외롭게 뿌리를 내리고 척박한 환경에서 군락도 없이 혼자 살아남은 우산나무. 왠지 저 고독한 그늘이 안쓰럽습니다. 푸른 잎은 기린에게 내주고, 몸통은 개미에게 내주고, 그늘조차 짐승에게 내주는 저 나무를 마음에 깊이 이식합니다. 먹구름이 몰려드는 것을 보니 한바탕 비가 쏟아질 듯합니다. 새삼 그대 인생에 먹구름이 몰려올 때 한 자루의 우산이 될 수 있을지 고민합니다.

이 아프리카는 제게 무엇을 줄까요? 적지 않은 경비와 노고를 들여 찾아왔지만 아직은 무엇을 선사할지 미지수입니다. 어쩌면 그냥 스쳐 지나갈 수도 있겠지요. 훗날 사진을 들춰보기 전까지는 까맣게 잊을 수도 있습니다. 뛰어난 책을 읽어도 그 진의를 파악하지 못하는 때가 있고 독특한 체험을 해도 그 의미를 찾지 못하는 경우가 있듯 말이지요. 텍스트는 존재하나 뜻은 모르고 경험은 있으나 의미가 부재한 일상을 우리는 자주 겪습니다. 그리고 쉽게 잊곤 합니다.

그러나 우리 앞에 다가온 구체적인 사건들은 어쩌면 '그렇게 스쳐 지나간' 많은 날의 결과물일 거예요. 어제의 일은 혹여 잊을 수 있으나 사라지지 않고 오늘과 연결되어 있기 때문입니다. 지금 제가 초원에 있는 까닭 또한 오래전부터 아프리카를 동경했기에 가능한 일이었어요. 아프리카를 동경했던 일상의 순간이 사라지지 않고 큰 에너지로 작용하여 저를 이곳까지 데리고 온 것이지요. 잊는다는 것과 잃는다는 것은 그런 면에서 다른 것이지요. 잠깐 잊는다고 해도 영영 잃는 것은 아닙니다.

그래서인지 제가 사는 위성도시에서 인천으로, 인천에서 인도의 뭄바이로, 뭄바이에서 케냐의 나이로비로, 나이로비에서 다시 4시간을 달려 마사이 마라에 도착할 때까지 저는 한순간도 지루하지 않았습니다. 황해와 뱅골만과

아라비아해를 경중경중 뛰어넘은 이 여정은 제가 아프리카를 갈망했던 과거의 순간을 전부 합산한 총량과 그리 다르지 않습니다. 그러니까 목적지에 닿기까지 더 오래 걸릴수록 더 오래 갈망했다는 뜻이지요. 오래 갈망한 자는 결과보다 그 갈망의 과정을 즐기므로 쉽게 실망하는 법이 없습니다.

아, 그대여. 미안하지만 여기서 이만 줄여야겠습니다. 이거 큰 낭패를 보게 생겼습니다. 소주를 마신 탓인지 화장실이 몹시 급하네요. 물론 이 광활한 초원에는 화장실이 없습니다. 잠깐 내려서 어떻게 노상 방뇨가 안 될까 하여 현지인 가이드에게 부탁하니 사파리 드라이브 중에는 차 문을 여는 행위 자체가 금지되어 있다고 하네요. 더욱이 다음 화장실까지 2시간은 족히 달려야 한다는 말이 청천벽력 같습니다.

제 꼴이 말이 아닙니다. 진땀을 흘리며 오만상을 찌푸리고 통사정을 하자 이 흑인 친구가 글쎄 하얀 이를 내보이며 느닷없이 웃음을 터뜨립니다. 이곳은 언제 어디서 맹수가 튀어나올지 모른다는군요. 소변을 보며 사자나 표범보다 빨리 뛸 자신이 있으면 시도해보랍니다. 그대도 알다시

피 제게는 그런 속력이 없습니다. 강한 이빨도 없고 날개도 없습니다. 조물주께서 제게 부여하신 탁월한 능력이란 그저….

급히 총총.

2007년 8월 케냐의 초원 한복판을 달리며

해이수 드림

쿰부 히말라야에 다녀와서

겨울산을 오르면서 나는 본다.

가장 높은 것들은 추운 곳에서

얼음처럼 빛나고,

얼어붙은 폭포의 단호한 침묵.

가장 높은 정신은

추운 곳에서 살아 움직이며

허옇게 얼어 터진 계곡과 계곡 사이

바위와 바위의 결빙을 노래한다.

-조정권, 「산정묘지 1」 중에서

선생님, 36일간의 네팔여행을 마치고 돌아왔습니다. 포카라 페와 호수에서 조각배에 술을 싣고 마차푸차레가 비치는 수면 위를 노 저어가던 일, 석가가 탄생한 룸비니 들판에서 부드러운 바람을 가르며 자전거 페달을 밟던 일 등은 잊지 못할 듯합니다. 그렇지만 무엇보다 잊을 수 없는 기억은 초모랑마(에베레스트)를 20일 동안 순례한 일입니다.

올해 쿰부 히말라야 지역에는 20년 만의 대폭설이 내렸습니다. 그곳의 눈은 서울 하늘에서 보던 송이송이 떨어지는 눈이 아니었습니다. 통유리로 된 카페에 앉아 차를 마시고 벗에게 전화를 걸며 감상하던 탐스러운 눈이 절대 아니었습니다. 그것은 7~8000미터 고봉들의 골짜기에서 불어오는 광풍에 실려 사방에서 무자비하게 휘몰아치거나 포악하게 휩쓸고 지나가는 폭풍설이었습니다.

더욱이 그토록 무서운 한파는 처음이었습니다. 순식간에 쌓인 눈으로 산장 대문을 열지 못한 적도 있고 명치까지 눈이 차는 설원 위를 셰르파와 온몸으로 러셀을 하며 길을 열었던 적마저 있습니다. 밤에는 기온이 영하 25도로 급격히 떨어져 코에 얼음이 들고 낮에는 설면에 반사된 강한 자외선 탓에 입술이 까맣게 죽기까지 했습니다. 그런데 고글의 시야를 가로막고 뺨을 후려치는 분설 속에서도 이상하게 머릿속을 떠나지 않는 시 한 편이 있었습니다. 바로 조정권의 「산정묘지」였습니다.

문학에 전념하기로 작심했던 이십대 초반의 어느 날 저는 이 시를 필사하여 방문에 붙여놓고 드나들며 '국기에 대한 맹세'처럼 읊조리곤 했습니다. 낭만적이거나 싱그럽기는커녕 때로는 질긴 형벌 같은 이십대의 시간은 결빙의 산정을 향해 걸음을 떼는 여정과 흡사했습니다. 자주 관념의 빙판 위를 미끄러져 넘어졌고 무모한 창작욕에서 비롯된 고소 증세로 인해 공들여 이룬 작업을 원점으로 되돌린 적도 여러 번이었습니다. 그래도 저를 견디게 한 힘은 '위로 올라가고 있다'는 확신이었습니다.

그러나 서른이 훌쩍 넘어 문득 정신을 차려보니 저는 단 몇 미터도 나아가지 못했다는 사실을 알고야 말았습니다. 저의 운행은 짙은 안개나 폭풍설을 만났을 때 방향감각을 잃고 같은 지점을 맴도는 링반데룽과 같았습니다. 고단한 행보 뒤에 곱은 손으로 펼쳐본 지도상의 현 지점이 산허리가 아니라 여전히 바다의 너덜지대에 불과함을 알았을 때 저는 스스로의 우둔함에 겨워 돌밭 위에 쓰러지고 싶은 심정이었습니다.

그렇게 휘청거리던 나날 중 지난 1월 해외에서 잠시 귀국하신 선생님과 오랜만에 재회의 시간을 가졌습니다. 선생님께서는 1년간의 체류 동안 3000매 분량을 집필했다 하셨고 이는 과거 가장 왕성하게 창작하셨을 때의 집필 분량과 동일하다고 덧붙이셨지요. 곧 이순耳順을 바라보는 연세에도 뜨겁게 자아를 투척하시는 선생님 앞에서 게으른 저는 몹시 부끄러웠습니다. 그런데 왜 그 순간 소설가 최용운이 피력했던 훌륭한 문예창작 선생의 자질론이 문득 떠올랐는지 모르겠습니다.

"좋은 글 선생이란 공부를 많이 해서 박사학위가 있거나 도덕적 결함이 없는 인격자를 말하는 게 아니야. 정말 뛰어난 문학 선생은 말이야, '이 밥벌이도 안 되고 아득하기만 한 것 당장 때려치워야지' 하며 절망에 빠진 학생조차 그 선생만 보면 다시 쓰고 싶어서 안달이 나게 만드는 능력의 소유자야. 만나고 돌아서자마자 '어서 써야지!' 하며 책상 앞으로 달려가게 만드는 사람. 즉 존재 그 자체만으로 창작 에너지가 되는 사람이야."

그날 선생님께서는 별다른 말씀이 없으셨지만 저는 여러 면에서 깊은 자극을 받았습니다. 그 자극은 집으로 돌아오는 길에 각오를 새로이 하게 했습니다. 그 각오를 실행하기 위해서는 이전의 구태의연한 습성과 결별해야 했기에 저는 이번 쿰부 히말라야행을 절연의 전기로 삼고자 했습니다.

선생님, 기억하시죠? 『논어』「태백」편에 나오는 '탕탕'과 '외외'라는 감탄사를 제가 제일 좋아한다는 사실을요. 각주에 따르면 '탕탕蕩蕩'이란 넓고 깊은 것廣遠之稱也을 말하고 '외외巍巍'는 높고 큰 모양高大之貌을 뜻합니다. 제가 궁극적으로 지향하는 소설의 이상향에는 이 두 단어가 숨어 있습니다. 어쩌면 '지구의 등뼈'로 불리는 쿰부 히말라야 고봉의 산군에서 저는 '탕탕'과 '외외'의 일면을 엿보고 싶었는지도 모르겠습니다.

초모랑마를 걷는 중에 '옴마니반메훔'이 새겨진 마니석을 마주칠 때마다, 타르초 깃봉을 왼쪽으로 돌아서 지날 때마다 이렇게 빌었습니다.

"높고 넓고 깊어지기를 기원합니다."

산중의 곰파(사원)에서 차갑게 얼어붙은 마니차를 돌리면서도 마음을 모았습니다.

"제 문학이 더욱 높고 넓고 깊어지기를 기원합니다."

그리고 고쿄 피크(5360미터)를 오르는 동안 턱밑까지 차오르는 숨을 몰아쉬며 깨달았습니다. 높이 오르는 것과 깊이 내려가는 것은 절대 별개의 영역이 아님을. 다시 말해 높아질수록 깊어지고 깊어질수록 높아지며, 높아지고 깊어지면 당연히 넓어진다는 것을…. 고쿄 피크 등정을 마친 그날 밤 고소 증세로 밤새 신음하던 저는 호흡 곤란과 메스꺼움, 어지러움 속에서도 초모랑마, 눕체, 샤르체, 로체샤르의 눈 덮인 산정을 떠올렸습니다. '추운 곳에서 살아 움직이며 얼음처럼 빛나는 가장 높은 정신'에 관해 묻고 또 물었습니다.

모든 일정을 마치고 귀국행 비행기에 탑승했을 때 창밖에 펼쳐진 장관에 한동안 눈을 뗄 수 없었습니다. 가장 높은 설산의 영봉들은 구름을 뚫고 올라와 고개를 내민 채 서로 어깨를 맞대고 있더군요. 외외한 것의 정수리는 구름의 장막 너머 지상의 육안으로는 절대 닿을 수 없는 고도에 있었습니다. 탕탕한 것의 전모는 평범한 인간들의 근시안으로 절대 파악할 수 없는 거리에 있었습니다. 그 장엄한 산군의 영봉들이 대다수 근시안의 이해를 구하기 위해 구름 아래로 허리를 숙이지 않을 거란 사실을 저는 알게 되었습니다. 오직 높이 오르려는 소수에게만 산정을 허락하더라도 고독하지 않을 거란 사실 또한 알게 되었습니다.

선생님, 저도 탕탕하고 외외해지고 싶습니다. 그러나 무엇이 탕탕하고 외외한 것인지, 어떻게 하면 그렇게 될 수 있는지는 여전히 미지수입니다. 아직 젊기 때문이겠지요? 그보다 아직 미욱하기 때문이겠지요? 그래도 이렇게 젊고 미욱한 힘으로 화이트 아웃이 오더라도 뒷걸음치지 않기로 다짐합니다. 설령 현실 곳곳에 도사린 크레바스의 허방을 딛더라도 소설과의 안자일렌이 끊어지지 않기를 이 순간에도 기도합니다.

마지막으로 밤이면 영하 25도로 떨어지는 쿰부 히말라야의 추위 속, 아침이면 들뜬 창틈으로 치고 들어온 눈이 하얗게 쌓인 산장의 침낭 안에서 오들오들 떨며 읊조리던 시의 일부를 맺음말로 대신하며 이만 줄이겠습니다.

　결빙의 바람이여,
　내 핏줄 속으로
　회오리치라.
　나의 발끝에서 머리끝까지

나의 전신을

관통하라.

점령하라.

도취하게 하라.

2007년 3월 초순, 배낭을 풀며

해이수 올림

넷
—

방울소리로 남은 겨울

희미한 초상

자화상을 그리는 일이 이렇게 난감한지 몰랐다. 자신의 이목구비를 선으로 옮기는 작업은 타인의 현실을 문장으로 옮기는 일보다 까다로웠다. 나는 참으로 오랜만에 거울을 앞에 두고 얼굴 이곳저곳을 뜯어보았다. 의외로 군데군데 이야기가 숨어 있었다.

눈을 '정신의 창' 혹은 '영혼의 렌즈'로 간주하는 의견에 동의한다. 오래전부터 나는 눈이 깊은 사람이 되고 싶었다. 어쩌면 그리 크지 않은 눈을 지녔기에 '아름다운 눈'이나 '깨끗한 눈'보다 '깊은 눈'에 천착했을지 모른다. 타인과 만날 때 나는 상대의 눈보다 눈빛에 각별한 관심을 기울인다. 눈이 아름다워도 눈빛이 좋지 못한 경우를 자주 경험했다. 깊은 눈의 소유자는 표면보다는 내면에 민감하고 순간보다는 영원에 초점을 맞춘다. 무엇보다 침착하고 온유한 시선으로 빛의 양을 긍정적으로 조율한다. 존경하는 분들을 만나면 나는 그들의 학식과 인격보다 그 눈빛을 더 닮고 싶다.

아주 간단한 듯 보이지만 광대뼈를 그릴 때 가장 많은 시간이 소요됐다. 대학에 입학할 무렵 내게 호감을 표한 여학생이 있었다. 봄밤의 골목에서 우리는 술에 취해 문득 한참을 서로 마주 보았다. 그녀의 눈빛은 지극히 선하고 환했다. 그녀는 고백을 한 뒤 손을 들어 내 볼을 감싸 쥐며 속삭였다.

"나는 여기가 참 좋아. 너의 광대뼈."

그리고 소중한 보석을 다루듯 검지 끝으로 내 광대뼈를 둥글게 매만졌다. 그녀의 입술이 내 볼에 닿았을 때 정말 불에 덴 듯 뜨거웠다. 난생처음 내 광대뼈가 이성에게 애정을 받던 시절이었다.

어릴 때부터 우리 가족은 서로 입맞춤을 자주 했다. 부모님, 누나, 형, 이모들, 삼촌들, 할머니도…. 더욱이 막내로 자란 나는 애정 표현을 주고받을 대상이 많았다. 고등학교 3학년 때까지 나는 등교 전에 어머니의 양 뺨에 입을 맞추었다. 제대 후에도 아버지가 큰 용돈을 주시면 어릴 때처럼 입을 맞추었다. 지금도 조카들을 만나면 꼭 끌어안고 이마에 입을 맞춘다. 간혹 술에 취하면 정년퇴직하신 지도 교수님의 볼에도 입을 맞추고 쉰 살이 넘은 선배의 손등에도 입을 맞춘다. 입술은 노출된 심장과 다름없다. 따라서 입을 맞추는 행위는 내 심장의 온기를 전하는 일이다. 단지 피부의 짧은 접촉이 아니라 그 순간 타인의 몸에 나를 확인시키는 진심의 표현이다.

자화상을 완성하고 보름이 지났을 무렵 나는 주한 프랑스문화원에서 열린 작가들의 자화상 전에 초대를 받았다. 그림을 둘러보니 좀 놀라웠다. 다른 작가들의 자화상은 독특하고 선이 뚜렷한(저명한 작가일수록 더욱 그랬다) 반면, 내 자화상은 평범하고 무엇보다 윤곽이 희미했다. 얼핏 보면 도화지만 벽에 걸려 있는 듯했다.

단지 연필을 사용했기 때문이 아니라 내가 자아의 얼굴에 관한 인식이 흐릿하기 때문이라는 사실을 그때 처음 알았다. '얼굴'이 존재의 일면을 대변한다면 나는 희미한 방식으로 작가로서의 존재감을 드러낸 셈이다. 10년 후에 내 얼굴을 다시 그린다면 어떤 모습일까. 지금보다는 더 뚜렷해져 있을까. 무엇보다 어떤 눈빛일지가 몹시 궁금하다.

방울소리로 남은 겨울

2년 전 중국-네팔의 국경을 두 발로 걸어서 넘을 때였다. 중국 장무에서 네팔 코다리 마을까지 걷는 중에 시즈코가 문득 뒤를 돌아보았다. 옆 도로에는 버스, 트럭, 택시, 랜드 크루저가 눈보라를 일으키며 지나갔다. 도보를 선택한 것이 후회되었다. 겨울바람에 몸을 떨면서도 나는 점퍼를 배낭에 동여맨 채 걷고 있었다.

전날, 장무로 들어오는 협곡에서는 물줄기와 돌이 곳곳에서 떨어졌다. 잠깐 차에서 내렸을 때 나는 어이없게도 물벼락을 맞고 말았다. 마치 누군가 골탕을 먹이려고 머리 위에서 물을 양동이로 퍼부은 듯한 착각마저 들었다. 어쨌든 점퍼가 형편없이 젖어버렸다. 동승한 여행자들이 낄낄거리며 웃었는데, 그때 시즈코도 함께 웃었는지는 모르겠다.

뒤를 돌아본 시즈코는 내게 춥지 않냐고 물었다. 스물네 살치고는 차분한 표정이었다. 나는 거의 얼어붙은 입으로 견딜 만하다고 했다. 그녀는 자신의 목도리를 풀더니 내게 둘러주었다. 내가 사양하려 하자 자신은 터틀넥을 입고 있어서 괜찮다고 했다. 우리는 함께 코다리를 거쳐 카트만두로 들어갔다. 다음 날 게스트하우스에서 자고 일어나 시즈코의 방문을 두드리니 그녀는 이미 떠나고 없었다. 돌려주지 못한 목도리만 내게 남았다.

작년 한 해를 술에 취해서 보내는 중이었다. 광화문에서 열린 문인 송년회가 끝나고 술집을 나오자 겨울비가 내리고 있었다. 빗방울이 머리와 얼굴에 닿을 때마다 그 차가움이 섬뜩했다. 갑자기 몰아닥친 한기에 문인들은 몸을 떨면서 망연해했다. 그때 나이 어린 소설가 한 명이 눈에 띄었다. 아직 대학에 적을 둔 그녀는 몹시 추워 보였다. 나는 목도리를 풀어서 그녀의 목에 둘러주었다. 원래 내 것이 아니었으니 돌려받지 못해도 상관없었다.

겨울이 끝나고 봄으로 접어들 무렵 그 소설가에게서 연락이 왔다. 그녀는 일본여행을 다녀왔다며 도자기로 만든 복고양이 한 마리를 내게 선물했다. 뽀얀 사기에 새겨진 고양이 얼굴은 한껏 웃는 표정이었다. 달걀 모양으로 생긴 그것은 오뚝이처럼 아래가 무거웠고 안에 방울이 들어 있었다.

나는 책상 위에 그 복고양이를 두고 자주 매만졌다. 몇 바퀴 빙그르르 돌려보기도 하고 검지 끝으로 톡 건드려보기도 했다. 그러면 고양이는 까르르 웃는 얼굴로 재롱을 떨며 맑은 방울소리를 냈다. 여름에 작품집을 퇴고하다가 더위에 지치면 나는 그렇게 고양이와 허물없이 놀았다. 방울이 울릴 때마다 국경의 눈보라와 한 해의 경계에서 내린 빗줄기가 떠올랐고 삼복더위는 어디론가 잠깐씩 물러갔다.

공포와 대면하는 법

미셸 오슬로 감독의 〈아주르와 아스마르〉는 영감과 철학
이 풍부한 애니메이션이다. 산속 '빛의 방'에 갇힌 공주를
구하는 모험담 속에 삶의 묘안이 보석처럼 박혀 있다. 특
히 인상적인 대목은 정열의 청년 '아주르'와 그의 노복 '크
라푸'가 붉은 사자와 맞닥뜨리는 장면이다. 이 짐승은 목
표에 닿기 위해 반드시 지나야 하는 통과의례의 상징적인
장치다.

경험 많고 노련하지만 범인凡人에 불과한 크라푸는 사자
에게 잡아먹힐 게 두려워 돌아가자고 간절히 아주르를 설
득한다. 하지만 청년의 응대는 담대하기 그지없다.

"크라푸, 장애물이 있을 거라는 사실은 알고 있었어요.

이런 건 나를 지체시킬 뿐 제 꿈을 포기하게 하진 못해요."

끝내 등을 돌리며 도망치는 크라푸가 이 젊은이에게 마지막으로 건넨 조언은 매우 그럴듯하다.

"사자가 고기를 먹는 동안 칼로 찔러 죽이게!"

곧이어 골짜기를 울리는 포효와 함께 붉은 사자가 등장한다. 아주르는 지니고 온 고깃덩어리를 사자에게 던져주고 당당하게 자신의 요구 사항을 밝힌다. 그다음은 청년이 사자의 등에 올라탄 채 이후의 여정을 빠르게 달리는 화면이 아름답게 펼쳐진다.

이 부분에서 나는 무릎을 쳤다. 크라푸와 아주르의 태도에서 공포를 상대하는 차이점을 읽은 것이다. 사실 범인이나 현자 모두 두려운 대상을 꺼리기는 마찬가지다. 대부분은 공포를 회피하길 원하고 일부는 대상을 제거하는 일에 골몰하기도 한다. 그러나 현자는 두려운 적을 동반자로 만들어 오히려 도움을 이끌어낸다. '공포의 대상이 지닌 파워'를 자신에게 이로운 '가공할 만한 힘'으로 전환하는 셈이다. 만일 크라푸의 충고대로 아주르가 사자를 죽였다면 먼 노정을 효과적으로 단축할 수는 없었을 것이다.

곳곳에서 크라푸는 부정적 사고의 소유자로 그려지는

데 비해, 아주르는 긍정적 사고의 캐릭터로 묘사된다. 연 류을 앞세운 크라푸는 자신이 똑똑하다고 착각하지만, 삶 의 통찰력은 젊은 아주르에게 있었다. 이 둘의 상이성은 어디서 온 것일까. 목표를 향해서라면 무엇이든 실천에 옮 기는 '정열'과 위기를 회피하지 않는 '담대함'이 그 큰 차 이를 만든 것은 아닐까.

문턱을 넘지 못한 자의 시간

모딜리아니는 이탈리아에서 태어나 스물두 살에 파리로 건너간다. 그리고 이방의 예술가로서 주목받지 못한 채 혹독한 가난 속에서 과음과 방랑을 일삼다가 1920년 1월 35세를 일기로 타국의 한 자선병원에서 생을 마감한다.

〈젊은 견습생〉은 모딜리아니가 병사 직전 몇 해에 걸쳐 완성한 작품이다. 1917년에 생애 최초이자 결국 최후가 된 개인전을 치렀고 1919년에 이르는 동안 인물화에서도 완숙을 넘어 정점에 이르렀다. 오늘날 대표작으로 자주 언급되는 〈노란색 스웨터를 입은 잔 에뷔테른〉과 〈잔 에뷔테른의 초상〉 등이 이 기간에 그려졌다.

시드니의 한 갤러리에서 이 그림 앞에 섰을 당시 나는

서른이 훌쩍 넘은 타국의 대학원 준비생이자 백인 회사의 동양인 수습사원으로 암울한 나날을 견디고 있었다. 체류 기간이 표시된 여권 외에 '나'란 존재를 증명할 그 무엇도 없었다. 모국에서의 전문 분야라든지 신분 따위는 통용되지도 않을뿐더러 어디에도 정식으로 낄 수 없는 예비자 혹은 방외인에 불과했다.

정식이 아닌 수습의 시간은 무지와 불안으로 점철된 전환기다. 하고자 하는 욕망은 있으나 무엇을 어떻게 해야 할지 모르고 평가자의 시선에 자유롭지 못한 행동은 늘 지적의 대상이 되곤 한다. 수습생의 임무는 보고 따라 하며 연습하여 숙달하는 고단함에 오로지 적응하는 일뿐이다.

또한 문턱을 넘지 못한 자의 고독은 의외로 견고하다. 외부로 표출되지 못한 가슴앓이의 응어리는 내면에 축적되고 뭉쳐져 높은 성을 쌓는다. 조수, 재수생, 임시직, 훈련병, 예비졸업자, 취업준비생, 인턴, 보조원, 습작생 등 정식 이전의 신분들은 문턱을 넘기까지 스스로 쌓은 성을 수없이 뭉개버리는 고통을 감내해야 한다. 축조와 붕괴의 간극에서 벌어지는 외로운 줄타기에 교활해져야 한다.

그림 속 십대 중반으로 추측되는 인물의 표정은 홍안에

걸맞지 않게 심각해 보인다. 격식을 어느 정도 갖췄으나 노동에 용이한 복장, 연약하게 오므린 손가락 위로 비스듬히 기댄 우울한 얼굴, 뭉툭하고 기다란 콧날, 바닥을 향해 지그시 내리깐 그의 시선은 피로하다 못해 자못 쓸쓸함마저 자아낸다.

모딜리아니는 죽음을 목전에 둔 시점에서 젊은 견습생을 통해 무엇을 투사하고 싶었던 것일까. 당대에 정식으로 인정받지 못한 채 수습기에서 종결될 자신의 남루한 운명이 안타까웠던 것은 아닐까. 그리고 이 그림 앞에서 발을 떼지 못한 채 견습생을 화폭에 담고 있는 쇠약한 모딜리아니를 상상하며 까닭 없이 울컥했던 그때의 내 심정은 또 무엇이었을까.

고도 3400미터의 달 바트

쿰부 히말라야에 첫발을 들인 10여 년 전의 겨울은 마침 대폭설 기간이었다. 인도에서 네팔로 들여오는 생필품 보급로가 일주일가량 차단되고 62년간 눈 구경을 못 했던 카트만두에도 45분간 눈이 내렸다. 아무 잘못 없이 길을 걷다가 물벼락을 맞은 불운한 사람처럼 나는 대폭설 기간에 쿰부 히말라야를 걸었다. 하루 이틀도 아니고 스무날 동안이었다.

네팔 입국 닷새 만에 에베레스트의 남체(3440미터)에 도달했다. 남체는 트레킹의 가장 큰 적인 고산병이 본격적으로 시작되는 지점이다. 남한 최고봉인 한라산 고도가 1950미터인 점을 상기하면 해발 3000미터가 넘는 환경에서 스스로의 체력과 체질을 과신하는 것은 만용이었다. 당시 나의 목적지는 5364미터에 위치한 EBC(Everest Base Camp)였다. 무릎담요만 한 직사각형 지도를 펼치면 좌하귀의 출발 지점과 우상귀의 도착 지점이 대각선 루트로 까마득하게 이어져 있었다.

'아마다블람 로지'에서 저녁을 먹기 위해 짐을 풀었을 때 나는 얼이 빠져 있었다. 폭설을 4시간가량 뚫고 급경사면을 올라온 터라 탈진한 상태였다. 무엇을 먹어야 할지 몰라 망설이자 셰르파가 돼지고기를 추천했다. 이 산장 위로는 돼지고기를 맛볼 수 없다는 것이 이유였다. 나는 메뉴판에서 'Rice with meat(pig) and fried cabbage Dal bhat'를 선택했다. 달 바트는 밥과 국, 반찬 몇 가지가 나오는데, 우리의 백반과 비슷했다.

음식을 기다리는 동안 나는 처음으로 이곳에 온 것을 후회했다. 기상 정보를 미리 입수했는지 다른 트래커들은 보이지 않았고 산장에 들어가면 투숙객이 나 하나일 경우가 많았다. 날씨가 이렇게 혹독할 줄 미리 알았다면 나 역시 출발하지 않았을 것이다. 부대비용을 이미 지불한 터라 일정을 중간에 접기도 아깝고 난감할 따름이었다. 아무리

기다려도 음식은 나오지 않았고 후회는 점점 꼬리에 꼬리를 물고 증식했다.

그만 산을 내려가도 괜찮은 이유가 100가지가 훌쩍 넘을 무렵 테이블 위에 달 바트가 차려졌다. 1시간을 넘게 기다려 음식 냄새를 맡자 눈물이 핑 돌았다. 그런 감정은 홀로 이방의 설산에서 무거운 배낭을 메고 눈 속을 며칠째 헤맨 사람이 아니면 이해할 수 없을 것이다. 손바닥 반절 크기로 두껍게 썬 돼지고기는 시각적으로 그리 식욕을 자극하지는 않았다. 까만 껍질과 두꺼운 비계가 한편으론 혐오스럽게 보일 정도였다.

그러나 한입 베어먹은 순간 나는 말을 잊고 말았다. 부드러운 육질에 깊이 배인 짭짤하면서도 달콤하고 매운 소스가 입맛을 사로잡았다. 껍질은 쫄깃쫄깃해서 식감을 더했으며 두꺼운 비계는 고소하기까지 했다. 그렇게 우악스럽게 생긴 돼지고기가 그토록 맛있을 줄은 상상조차 못 한 일이었다. 밥알은 고슬고슬했고 볶은 양배추는 상큼하게 아삭거리며 느끼함을 잡아줬다.

음식을 담아 내온 '레이'라는 이름의 네팔 처녀는 곁에 서서 내 반응을 살폈다. 나는 밥을 먹다가 숟가락을 내려놓고 자리에서 일어나 20루피를 공손하게 건넸다.

"이건 내 인생에서 최고로 맛있는 달 바트예요!"

엄지를 치켜들자 셰르파를 포함하여 레이와 그녀의 여동생들이 일제히 웃음을 터뜨렸다. 그 말은 사실이었다. 왜냐하면 나는 태어나서 달 바트를 처음 먹었기 때문이다. 레이는 난로에 톱밥을 계속 넣어줘서 분위기를 훈훈하게 만들었다. 나는 고기를 씹으며 그들과 시시껄렁한 농담을 주고받고 키득거렸다. 고산족들이 저 아래 평지로 내려가면 '저산병'에 걸리느냐 따위였다.

식사 후에는 차를 마시며 레이의 자매들과 난롯가에서 트럼프게임을 즐겼다. 음식을 먹고 나자 놀랍게도 내 안에서 예상치 못한 변화가 일어났다. 앞으로 펼쳐질 모험이 긍정적으로 기대되면서 일정을 성공적으로 마쳐야겠다는 의욕이 생긴 것이다. 더 정확히 말하면 일정을 끝내고 돌아오는 길에 반드시 같은 메뉴를 주문해서 먹겠다는 각오를 다졌다. 맛있는 밥상이 불러온 숭고한 마법일지도 몰랐다.

이후 산으로 올라갈수록 식욕은 반비례로 떨어졌다. 음식의 질은 점점 형편없었고 가격은 오히려 점점 비쌌다. 고도가 4000미터를 넘어가자 머릿속에는 온통 먹을 것 외에는 떠오르지 않았다. 8000미터급의 신성한 고산 준봉을 마주하고 걸으면 무언가 수준 높은 생각을 할 줄 알았는데, 몸은 오히려 본능적으로 바뀌었다. 남체의 돼지고기 달 바트는 어느덧 그리움의 식단이 되어버렸다.

한 끼의 훌륭한 식사가 주는 숭고한 미덕은 동서고금에서 통하는 진리로 보인다. 관광사에서 가이드를 하는 친구는 아무리 유명한 관광지를 적절한 시간과 동선으로 짜더라도 식당 선정에 실패하면 모든 게 실패라고 했다. 오히려 관광지 선정에 다소 실수가 있더라도 고객의 식사시간이 즐거우면 절반은 성공이라는 것이다.

에이브러햄 링컨은 정치에 입문하여 또래의 누구보다 자주 낙선하고 좌절을 겪은 인물이다. 잦은 실패를 견뎌내고 극복한 사람은 그만의 치유법이 있기 마련인데, 링컨은 선거에서 떨어지면 자신이 소유한 가장 멋진 옷을 차려입었다. 그리고 가장 맛있는 식당에 가서 좋아하는 음식을 즐겼다. 그는 잘 차려진 밥상이 지닌 마법과 위로의 힘을 누구보다 잘 활용한 위인이었다.

그렇게 남체를 떠난 뒤 보름 만에 나는 '아마다블람 로지'로 돌아왔다. 나는 보름 전의 내가 아니었다. 한 번도 감지 못한 머리카락은 손가락이 안 들어갈 정도로 엉겨 붙었고 무성하게 자란 수염은 얼굴을 뒤덮었다. 얼음이 박힌 코와 입술은 검붉게 변하고 노출된 피부는 벗겨져 있었다. 고도 5000미터의 폭풍설과 영하 40도의 혹한을 통과하느라 지옥의 문턱에 한쪽 발을 담그고 돌아온 기분이었다.

산장은 변함이 없었다. 나는 저녁 메뉴로 그 달 바트를 주문했다. 무언가를 이루었다는 성취감 덕인지 기다리는 1시간이 전혀 불편하지 않았다. 레이는 똑같은 접시에 음식을 차려왔다. 그런데 무엇이었을까? 양은 더 많아지고 서비스로 나온 김치에 후식으로 커피까지 대접받았건만 나는 그리 행복하지 않았다. 이전의 들끓던 망설임과 두려움을 따스하게 몽글몽글 녹여주던 그 맛이 아니었다. 모양과 향은 비슷했지만 가장 강렬하게 고민했던 순간의 맛과는 거리가 멀었다. 나는 그때 처음 '눈물 젖은 빵맛'을 평생 기억하는 사람들의 마음을 이해하게 되었다.

그 한마디를 묻지 못하여

대학교 3학년을 마치고 호주 사막여행을 갔다. 첫 국외여
행인데다 혼자였다. 나는 보름 동안 네 곳의 큰 사막을 건
넜다. 사막은 고요하고 무미건조하며 의외로 추웠다. 작가
지망생으로 앞날이 불투명했던 나는 그 광막함 앞에서 자
주 진저리를 쳤다. 영어가 서툴러 여행은 묵언 순례와 다
름없었다.

　사막을 거쳐 동부 해안의 타운즈빌로 나와 배를 타고
마그네틱섬으로 들어갔다. 그곳에서 할 일 없이 사흘을 보
냈다. 남은 여정은 이러했다. 다시 배를 타고 타운즈빌로
가서 버스를 타고 20시간을 달려 시드니에 도착하여 귀국
비행기를 타는 것. 귀국 다음 날에는 교수님이 소개한 일

자리 면접을 봐야 했다.

선착장에 가기 위해 배낭을 메고 버스 정류장으로 향했다. 날이 저물자 비가 내렸다. 놀이공원 관람차 비슷한 차량이 천천히 지나갔으나 타지 않았다. 그런데 20분이 지나도 버스는 오지 않았다. 그 관람차가 이 섬의 버스라는 걸 뒤늦게 알았다.

길에는 택시는커녕 차 한 대 다니지 않았다. 빗줄기는 굵어지고 사방은 캄캄했다. 주변엔 아무도 없었다. 이대로 일정이 하루 지연되면 비행기를 놓치고 면접 약속을 어기고…. 선착장 가는 버스가 맞느냐는 그 한마디를 물었다면 이런 일은 벌어지지 않았을 텐데…. 40분 남짓 온갖 걱정에 시달리며 서 있었다.

마지막 배 시간이 10분 정도 남았을 무렵 위에 격렬한 통증이 몰려왔다. 그때 길 저쪽에서 자동차 한 대가 빛을 뿜으며 나타났다. 나는 절박하게 손을 힘껏 흔들었다. 차가 멈추고 유리창이 열리자 허둥지둥 아는 영어를 두서없이 지껄였다.

젊은 여성 운전자는 웃으며 어서 타라고 했다. 나는 빗물을 뚝뚝 흘리며 차에 올라탔다. 그녀는 어느덧 캄캄해진

빗길을 운전했다. 마지막 배가 10분 늦게 출발한다는 위로를 들었을 때는 콧날이 시큰했다. 선착장에 도착한 나는 고마움을 제대로 표현하지도 못하고 그저 고개를 숙이곤 뛰어갔다.

귀국 후 나는 여행 기록을 나름의 방식으로 정리했다. 원고지 300매에 달하는 중편소설을 쓰는 일은 쉽지 않은 도전이었다. 몇 번 포기하고 싶었으나 여행에서 받은 도움을 떠올리면 기운이 솟았다. 사소한 친절의 경험이 놀랍게도 어려움을 극복하는 위력을 발휘했다. 그때 쓴 글로 바라던 소설가가 되었으나 나는 그녀의 이름을 묻는 그 한마디를 못 해서 이제껏 고마움을 전하지 못하고 있다.

이 도시가 가르쳐준 몇 가지

Do you love your hometown?

변호사 그레그 벨이 내게 물었다. 나는 걸음을 멈추고 오십대 중반의 품위 넘치는 이 사내를 잠깐 올려다봤다. 11월의 초겨울이었고 날이 저물자 아이오와 강변이 삽시간에 붉게 물들었다. 갑자기 추워진 날씨에 숨을 쉴 때마다 입김이 한 뼘씩 자라났다. 2012년 미국 아이오와대학교 국제창작프로그램(IWP) 3개월 과정이 끝나갈 무렵이었다.

나는 대답하지 않고 멈췄던 걸음을 다시 옮겼다. 대학 소속 변호사인 그레그 벨은 문학을 사랑해서 종종 프로그램 참가 작가들과 어울렸다. 그는 젊은 시절 오산과 평택에서 5년간 공군 장교로 근무한 터라 수원을 잘 알고 있었다. 누군가에게서 수원을 사랑하느냐는 질문을 받은 건 내가 기억하기로는 처음이었다.

그와 나는 고향에서 명작의 씨앗을 틔운 세계적인 대문호에 관해 이야기를 이어갔다. 알베르 카뮈에겐 알제리의 몽도비가 있었고 니코스 카잔차키스에겐 크레타섬의 이라클리온이 있었다. 아일랜드의 더블린을 생략하고는 제임스 조이스를 거론할 수조차 없다. 그들에게 고향은 영감의 원천이자 창작의 산실이었다. 이국의 겨울 강변에서 나는 스스로에게 물었다. 너는 수원을 사랑하는지… 수원은 네게 어떤 의미인지….

중앙극장

수원에 대해 말하라고 하면 나는 이 한 곳을 빼놓고는 아무 말도 시작할 수 없다. 인생에서 제일 중요한 시기를 청소년기라고 한다면 중앙극장은 내 청소년기 한가운데 있다. 1980년에서 1990년대에 가장 멋진 남자들과 가장 예쁜 여성들은 꿀벌과 나비처럼 늘 그 주위에 모여들었다. 청년기까지 내 또래들은 버스가 팔달문을 둥글게 감고 돌 때마다 차창 밖으로 고개를 빼고 간판의 그림을 살폈다.

'중앙극장'의 네 음절은 상황에 따라 수많은 이름으로 변주되었다. 이성 친구를 만나면 으레 발길이 향하는 곳, 처음 손을 잡거나 입맞춤을 하는 곳, 그렇게 사귀던 사람과 헤어진 슬픔을 달래는 곳, 시험이 끝나거나 용돈을 타는 날 가고 싶은 곳, 주말 저녁 할 일 없이 기웃거리는 곳…. 세상에서 가장 스펙터클한 모험과 치열한 전투신과 오싹한 스릴러물과 에로틱한 러브스토리와 서글픈 이별 장면을 우리는 모두 이곳에서 배웠다.

영화를 보고 나면 주로 팔달산으로 향하는 100계단을 오르며 서로의 감상을 얘기했다. 홍난파 노래비를 끼고 오를 때도 있고 강감찬 동상과 비둘기집을 따라 걷기도 했다. 그렇게 걷다 보면 서장대에 닿았는데, 놀랍게도 서장대에는 아무것도 없었다. 오로지 바람뿐이었다. 그 바람 속에서 도시를 물끄러미 내려다보는 일이 전부였다. 은쟁반처럼 빛나는 서호西湖, 장난감 기차처럼 레일을 따라서 서울을 오가는 전철, 북쪽과 동쪽으로 뻗어 나간 성곽 줄기들…. 이상하게도 그 풍경들은 매번 막연하고도 서글펐다.

낮고 외롭고 쓸쓸한

군 복무를 마치고 대학 복학까지의 지루한 시간을 나는 교동길을 왕복하며 보냈다. 남문 주변에 개성적인 찻집과 카페가 즐비하던 1990년대 중반이었다. 성공회 교회 옆에 '아그리빠의 시선'이라는 카페가 있었는데, 김도연 소설가가 거기서 일을 하며 소설을 썼다. 남창초등학교 옆에 위치한 찻집 '다시茶詩'의 박경원 시인과는 간혹 바둑을 두었다. 두 분 모두 그해 신춘문예에 당선돼서 의욕이 충만하고 포부가 대단했다.

지금 주소로는 정조로 800번길쯤에 자리 잡은 전통 찻집 '환桓'도 아늑한 공간이었다. 박준모 화가와 그의 아내가 운영했는데, 차 맛도 좋았거니와 안주가 맛있었다. '아그리빠의 시선', '다시', '환'의 동선을 이으면 거대한 삼각형이 그려졌다. 나는 이 삼각형을 '블루 트라이앵글'이라고 불렀는데, 1998년 IMF 한가운데에서 대학을 졸업하고 수원을 잠시 떠나기까지 낮고 외롭고 쓸쓸한 이 길을 자주 걸었다.

이 세 분은 당시 문청이던 나를 다정하게 대하면서 조용히 많은 것을 가르쳐주었다. 김도연 소설가는 2000년 중앙신인문학상을 받은 이래 여전히 왕성한 집필활동에 여념이 없다. 박경원 시인은 2001년 오늘의 작가상을 수상 후 계간지 「차령문학」을 발행하며 시작詩作을 이어가고 있다. 박준모 화가는 중앙극장 근처 작업실에서 여전히 그림을 그린다는 소식을 접했다.

Yes, I do love!

나고 자란 수원에 대해 본격적으로 고민한 계기는 장편소설 『십번기』를 집필하면서다. 이 소설은 남문의 '중앙기원'이 주요 배경인데, 매교동까지 이어지는 1번 국도가 자주 등장한다. 인생에서 가장 예민한 시기인 열여섯 살 사춘기 소년·소녀가 총 10회의 바둑 대국을 벌이는 동안 자아와 세계를 이해하며 변화, 성장하는 이야기다.

소설을 쓰다 보니 어쩔 수 없이 바둑을 열심히 배우던 중학교 시절의 사람들과 도시 풍경이 작품 안으로 들어왔다. 마흔이 넘어서야 나는 이 도시가 내게 최소한 '게임과 사랑'을 가르쳐준 곳이라는 사실을 알게 되었다. 내 인생에서 격의 없는 얼굴로 환하게 웃어준 분들이 가장 많은 곳이라는 점도 새로이 발견한 목록이다. 부모님이 계시는

매교동에 종종 들를 때마다 이 도시가 내게 가르쳐준 목록
은 여전히 업데이트 중이다.

다섯 —

그를 이해하는 소소한 에피소드

비밀의 방

'누나'하고 소리 내어 부르면 어디선가 향기가 난다. 누나
는 아무리 나이를 먹고 주름이 늘어도 여전히 환하다. 나
는 아무리 힘이 세지고 목소리가 커져도 누나 앞에서는 영
원히 수줍은 소년에 불과하다. 누나의 향기 속에는 내 유
년의 설렘과 아늑함, 그리고 내 문학의 씨앗이 숨어 있다.

내게는 일곱 살 터울의 누나가 한 명 있다. 어릴 적 방이
일곱 개 딸린 한옥에 살았을 때 누나 방은 마당과 떨어진
부엌 옆에 위치해 있었다. 누나에게 가려면 일단 어머니가
상주하는 부엌문을 통과해야 했으므로 그곳은 외부로부
터 한 겹 에워싸인 세계였다. 자질구레한 심부름 외에 처
음 누나 방에 들어간 까닭은 딱지를 접기 위해서였다. 쉽

게 뒤집히지 않는 빳빳한 종이가 절실했다.

그러나 방에 들어서자마자 나는 곧 애초의 목적을 까맣게 잊고 말았다. 그곳은 초등학교 저학년인 내게 충분히 신비로운 장소였다. 한쪽 벽을 빼곡히 채운 책들과 창에 드리운 꽃무늬 커튼, 불을 끄면 초록색으로 빛나던 야광 십자가, 그 옆에 베드로처럼 거꾸로 매달려 향기를 증발하던 꽃다발들, 못난이 삼형제 인형, 대형 카세트 플레이어 등은 어린 내 마음을 순식간에 사로잡았다.

그날 이후 누나가 교복을 말끔히 차려입고 등교를 하면 나는 곧잘 누나 방으로 잠입했다. 문학소녀였던 누나는 만년필로 정성스레 베낀 시를 한쪽 벽에 셀로판테이프로 붙여놓고 읽는 습관이 있었다. 조병화의 「공존의 이유」, 서정주의 「푸르른 날」, 윤동주의 「십자가」, 서정윤의 「홀로서기」 등이었는데, 어린 나는 한 손에 라면땅 봉지를 들고 뜻도 모른 채 그것을 소리 내어 읽었다. 그때 얼마나 열심히 읽었는지 나는 지금도 그 시편들을 토씨 하나 틀리지 않고 모두 외울 수 있다.

초등학교 저학년에서 고학년으로 올라갈수록 누나 방에서 가장 탐이 나는 물건은 책상이었다. 앉은뱅이인 내 것

과는 달리 서랍이 다섯 개나 달린 철제 책상은 더할 나위
없이 근사해 보였다. 폭신한 의자에 앉아 스탠드 불빛의
조도를 높이면 그렇게 행복할 수가 없었다. 비라도 내리는
날에는 처마 밑에 듣는 낙숫물 소리가 아늑하게 들려 운치
가 그만이었다.

또한 서랍이 다섯 개나 되는 누나의 책상을 뒤지는 일
은 몹시 흥분되었다. 어느덧 나는 어린 검열관이 되어 하
루도 빠짐없이 기록되는 누나의 일기장을 몰래 통독했고
교회 중고등부 형들에게서 날아들기 시작한 연애편지를
정독하기 시작했다. 나는 한 사춘기 소녀가 또래의 동성에
게 갖는 질투와 부러움, 이성에게 갖는 동경과 두려움 등
을 때로는 끄덕거리고 때로는 갸우뚱하며 속속들이 공감
할 수 있었다.

더욱이 누나의 책장은 감당할 수 없는 호기심 대상이었
다. 책꽂이에는 아버지가 읽던 전기문과 전쟁서를 비롯하
여 누나가 용돈을 아껴 구입한 문학 서적으로 가득했다.
책을 한 권 빼서 읽고 있노라면 야릇한 분위기와 사건으로
가득 찬 세계를 향해 질주하는 나 자신을 발견할 수 있었
다. 김동인의 단편 「광염 소나타」를 읽고 한동안 이 사실

을 누구에게 어떻게 말해야 할까 몹시 괴로웠던 기억이 난
다. 문학의 허구성을 제대로 파악하지 못한 나이여서 나는
책에 수록된 내용이 누나의 일기장처럼 어느 사내의 실제
기록쯤으로 착각한 것이다.

그 시절 접했던 트리나 폴러스의 『꽃들에게 희망을』, 바
스콘셀로스의 『나의 라임 오렌지 나무』, 리처드 바크의
『갈매기의 꿈』, 생텍쥐페리의 『어린 왕자』, 셸 실버스타인
의 『아낌없이 주는 나무』와 『잃어버린 한조각 나를 찾아
서』, 그리고 삼중당 문고 시리즈는 유년의 촛불처럼 여전
히 내 가슴에서 환하다.

더블 데크 카세트 플레이어는 책상 다음으로 흥미로운
물건이었다. 시골에서 올라와 삼성전자에 근무하던 삼촌
이 선물한 그 오디오는 조정 버튼과 레버가 다양하여 심심
풀이로는 제격이었다. 나는 책을 읽다가 지루해지면 당시
누나가 즐겨 듣던 노래를 듣곤 했다. 김정호, 노고지리, 둘
다섯, 산울림, 해바라기, 시인과 촌장, 조동진을 알고 난 뒤
음악시간에 풍금에 맞춰 동요를 따라 부르는 일은 끔찍할
정도로 유치했다.

그리고 그룹 카펜터즈의 낭랑한 보컬, 칸초네 명곡집에

서 느껴지던 장중함, 조르주 무스타키의 꿈을 꾸게 하는 읊조림과 선율, 슈베르트의 「겨울 나그네」에서 받았던 서정적 격조 등은 외국어에 대한 막연한 동경을 품게 했다. 나는 엉터리로 가사의 발음을 따라 불렀지만 그 뜻이 궁금해서 견딜 수 없었다. 스무 살 중반에 유독 심했던 '딕셔너리 홀릭(사전 중독증)' 증세는 그 시절부터 이미 징후가 보였다.

초등학교 졸업식 날 누나에게 받았던 졸업 선물도 잊을 수 없다. 누나는 어느덧 대학교 1학년생이었고 장학금을 받으며 이런저런 일로 용돈을 버는 눈치였다. 당시에는 꽤나 귀했던 독일제 로트링 샤프펜슬이었는데, 무광 블랙의 메탈 소재에 하얀색으로 브랜드명이 새겨져 있었다. 샤프심 마모 정도에 따라 촉 부위가 안으로 접히는 스페셜 슬라이드 방식으로 중량감이 상당하여 또래들이 사용하는 플라스틱 펜슬과는 비교할 수 없었다. '로트링'이 독일어로 '빨간 원'을 뜻한다는 것은 상당한 세월이 흐른 뒤에 알게 되었다.

이가 돋아나서 어딘가를 갉지 않으면 견디지 못하는 생쥐처럼 나는 그 샤프펜슬로 중학 시절 내내 무언가를 끄적거려야만 했다. 때마침 어머니는 내게 서랍이 네 개 달린 보르네오 원목 책상을 사주었고 나는 매일 일기를 두세 페이지씩 썼으며 당시 알고 지내던 소녀에게 열병과도 같은 편지를 보냈다. 누나는 하필 열두 살 소년에게 왜 그토록 과분한 필기구를 선물로 주어 사춘기 시절 내내 그리운 편지를 쓰게 하고 하루를 돌이키는 일로 소비하게 만들었을까. 차라리 농구공을 사주었더라면 나는 지금보다 훨씬 키가 컸을지도 모른다.

돌이켜보면 누나 방은 내게 비밀스러운 문학적 공간의 원형인 셈이다. 유년 시절부터 책과 음악을 가지고 방 안에서 혼자 놀던 나는 마흔이 훌쩍 넘어서도 여전히 같은 방식의 삶을 누리고 있다. 달라진 점이 있다면 내 일기 쓰기는 소설로 바뀌었고 내 연서의 대상은 미지의 독자로 확장되었을 따름이다.

내가 고등학교 때 시집을 간 누나는 군 복무를 마칠 무렵 남반구의 따뜻한 나라로 이민을 갔다. 쉽게 만날 수 없다고 생각하니 '누나'라는 호칭이 더욱 큰 그리움의 향기로 짙어지는 시기였다. 누나에게서 날아온 편지에는 그곳은 겨울에도 평균 온도가 영상 10도 안팎이고 이웃들 중에는 평생 눈을 본 적이 없는 사람이 대부분이라고 적혀 있었다. 서울이 겨울일 때 그곳은 여름인 남반구의 해안가를 상상하며 나는 누나에게 답장을 썼다. 그리고 오래전 그녀가 그랬듯 시 한 편을 만년필로 또박또박 옮겨 적어 동봉했다.

편지

윤동주

누나
이 겨울에도
눈이 왔습니다

흰 봉투에
눈을 한 줌 넣고
글씨도 쓰지 말고
우표도 붙이지 말고
말쑥하게 그대로
편지를 부칠까요?

누나 가신 나라엔

눈이 아니 온다기에

그를 이해하기 위한
몇 가지 소소한 에피소드

느닷없이

김수복 선생은 사석에서 말씀을 극도로 아끼기로 유명하다. 오죽하면 대구 대륜고 문예반 동기인 장옥관 시인이 "김수복 시인은 불편한 사람이다"라는 말을 남겼을까. 선생을 근거리에서 36년간 접한 양은창 시인은 "참으로 친해지기 어려운 타입"이라며 "그 속을 들여다보는 데만 족히 10여 년이 걸린다"고 했다. 선생을 뵙고 지낸 시간이 29년 차인 나로서는 그 속을 짐작조차 할 수 없다. 종이에 선생의 성함을 적고 떠오르는 어휘를 적다 보니 '느닷없이, 벼락같이, 갑자기, 가늠할 수 없이'라는 부사가 눈에 띈다.

이토록 말수가 적은 분과 어느 날 양재역 근처 술자리

에서 둘만 남게 되었다. 집에 가야할 것 같아서 나는 선생이 먼저 자리에서 일어나기만을 말없이 기다렸다. 그렇게 침묵 속에서 37분쯤 버텼을 때 선생이 느닷없이 꺼칠한 음성으로 물었다.

"너, 이 세상에서 가장 소중한 게 뭐야?"

이 세상에서 가장 소중한 게 뭘까? 무방비 상태에서 일격을 맞은 것처럼 눈앞이 번쩍하며 아무것도 떠오르지 않았다. 돈이나 권력은 아닐 테고, 문학은 더욱 아닐 테고….

"그것도 모르고 소설을 써?"

질문이 2연타로 날아들 때 나는 눈치를 챘다. 선생은 유쾌한 퀴즈를 내는 게 아니었다. 표정과 억양과 분위기가 무겁고 뜨거웠다. 그렇지만 아무 말도 생각나지 않았다.

"생명이잖아, 생명!"

과장을 보태면 사자의 포효 같았다. 그 일갈은 이전의 생각을 싹둑 베어버리는 예리한 칼날이었다. '생명'이란 단어가 나왔을 때 온몸에 묵직한 통증이 흘렀다. 아, 맞다! 생명!

"네가 그걸 모르고 문학을 해?"

숨통이 콱 막히는 기분이었다. 무릇 문학은 생명을 위한 것일진대 생명을 모르고 문학을 할 수는 없는 노릇이었다. 그때 나는 결혼 10년이 다 되도록 아이를 낳지 않았다. 어른들이 그 까닭을 궁금해하면 서로가 언짢지 않으면서도 더는 묻지 않게 만드는 교묘한 논리의 변명을 몇 가지 외우고 다녔는데, 한마디로 아이를 책임질 자신이 없었다.

집에 온 나는 술에 엉망으로 취한 채 선생과 주고받은 문답을 아내 앞에서 몇 번이나 시연했다. 얼마 되지 않아서 나는 첫째 아이를 가졌고 생명을 키우며 그 소중함과 놀라움을 몸으로 알게 되었다. 그리고 나와 같은 이유로 아이를 낳지 않는 후배들 앞에서 1인 2역으로 그날의 장면을 몇 번이고 시연하는 동안 둘째 아이를 가졌다. 내 연기력이 실감 났는지 그 후배들도 새로운 생명을 낳았다.

10년에 걸쳐 쌓아 올린 교묘한 변명을 단 네 문장으로 붕괴해버린 선생의 할喝. 나는 몸으로 알게 되었다. 분명 어떤 가르침은 논리와 설득의 기술을 쓰지 않고 그렇게 찰나에 쪼개고 들어와 허울 전체를 무너뜨린다는 것. 그리고 또한 알게 되었다. 그것의 순도와 열기가 높을수록 어떤 문구나 방법을 뛰어넘어 이쪽 심장에서 저쪽 심장으로만 곧장 전해진다는 것까지도.

벼락같이

2011년부터 2015년은 개인적으로 희로애락의 높고 낮음이 선명한 시기였다. 선생이 사방팔방 뛰어다니며 만들어 준 대학교 부설 국제문예창작센터 일자리를 박차고 나와서 장편을 쓸 무렵이었다. 국외 유명 작가들을 만나보니 소설가는 장편이 없으면 그저 'writer'에 불과하고 'novelist'라 칭할 수 없다는 점이 나를 자극했다. 등단 10년이 넘도록 장편 한 권 없다는 게 부끄러웠다. 관악구 신림동에서 열린 임현준 시인의 결혼식을 마치고 선생과 함께 산책을 했다.

나는 3년 넘게 집필한 첫 장편 제목을 놓고 골치를 앓았는데, 그날은 제목을 37번째 고쳐 달고 나온 날이었다. 네팔에 다녀온 선생과 걸으며 카트만두의 타멜 거리와 박타푸르, 파슈파티나트를 얘기했다. 얘기를 했다고 해서 서로 정보를 주고받은 건 아니고 내가 말하면 선생이 맞아, 그렇지 하는 뜻으로 고개를 끄덕이는 식이었다. 그러다가 나는 장편에 등장하는 스와얌부나트에 관해 얘기했다. 사원에 오르기까지 끝없이 가파르게 이어진 계단과 그 계단마다 앉아서 동냥을 하는 절름발이, 외팔이, 장님, 벙어리, 앉은뱅이, 반신불수, 젖을 물린 애엄마와 나뭇등걸 같은 노인 등에 대한 내 감정을 얘기했다.

"그런데 그분들 불교의 교리라든지, 경전이라든지 이런 거 알까요? 하긴 글자를 모르니까요."

선생은 걷다가 미간을 모으며 처음으로 길게 대답했다.

"그게 왜 필요해? 몸이 경전인데."

"몸이 경전이라고요?"

"응, 몸에 모든 게 다 새겨져 있더라."

하기야 몸 자체가 경전이면 '마하반야바라밀다심경'을 무엇 하러 해석하고 아제아제 바라아제는 외워서 무엇에 쓰겠는가? 선생은 그들의 몸에서 나오는 다른 차원을 읽은 것이다. 내가 동전 주머니를 조물조물하며 그들 앞을 지나치는 동안 선생은 경전의 글귀를 통과한 셈이다. 순간 쩌릿하며 아주 뜨겁고 황홀한 전류가 내 몸통을 꿰뚫고 지나갔다.

"선생님, 몸이 경전이라는 그 문구 제가 좀 쓰겠습니다."

선생은 흔쾌히 고개를 끄덕였다. 마침 눈앞에 맥줏집이 보여서 우리는 당장 뛰어 들어가 기분 좋게 목을 축였다. 히말라야를 배경으로 쓴 첫 장편소설 제목 '눈의 경전'은 그렇게 세상에 나왔다.

나도 모르게 갑자기

2년 전 대구에 소재한 대학의 임용 공고에 응시하여 시강을 하러 내려가는 길이었다. 전날 밤부터 겨울비가 내렸고 KTX를 타기 위해 새벽부터 서둘러야 했다. 전날 잠을 설치며 영어로 된 발표자료를 만든 탓에 기차 좌석에 털썩 주저앉자 긴 한숨이 새어 나왔다. 20분의 시강을 위해 집에서부터 7시간의 길을 오가는 것은 문제가 아니었다. 13년의 시간강사 노릇에서 벗어날 수만 있다면 얼마든지 할 수 있었다. 문제는 4년 전 같은 대학, 같은 자리 임용에서 탈락했을 때의 트라우마가 남아서 같은 심사위원들을 대면하는 것이 큰 부담이 되었다. 차창에 맺힌 빗방울 탓에 밖이 하나도 보이지 않았다.

기차가 움직이자 선생이 휴대전화로 보낸 시 한 편이 날아들었다. 시 아래의 십자가와 새벽빛, 가시면류관이 부각된 이미지가 보였다. 제목은 '슬픔이 환해지리라'였다.

내일의 길목에게
가시관을 걸어준다
네가 걸어온 암흑의 길목에도

일출의 길목에도
사랑하는 네 그림자의 길목에도
사랑의 가시관을 걸어준다
너는 더욱 슬퍼지고
슬픔은 더욱 환해지리라

내가 더욱 낮아지고 어두워질수록 슬픔은 더욱 깊고 환해질 거라는 메시지였다. 너무 아름다워서 차마 부인할 수 없는 이 역설 앞에서 가슴이 위아래로 크게 들먹였다. 그리고 왜였을까? 갑자기 나도 모르게 뜨거운 눈물이 흘러 뺨을 적셨다. 양복은 겨울비에 젖어 축축하고, 눈은 잠을 못 자서 뻑뻑하고, 마음은 이러저러한 절차에 막막한 탓인지도 몰랐다. 그러나 실은 시에서 선생 특유의 목소리―겉은 까슬까슬하지만 속은 보들보들한―가 귓가에 들렸기 때문이다.

길목마다 몸소 가시관을 걸어주시니
하해와 같은 사랑 감사하옵고 눈물겹나이다.
근데요, 선생님. 이 면류관 너무 쪼여요. 아, 아파!

나는 양복 소매로 눈물을 훔치며 반사적으로 우스운 답신을 썼으나 쓰고 나니 그다지 우습지도 않고 오해의 소지도 많아서 끝내 전송하지 않았다. 다음 해 출간된 선생의 시집 『슬픔이 환해지다』에서는 세련되게 다듬어진 표제시로 게재되지만 나는 겨울비 내리는 이른 아침 경부선에서 맞닥뜨린 '갬성의 에스프리'를 좋아하여 요즘도 이 시를 간혹 들여다본다.

가늠할 수 없이

선생은 정년퇴직을 앞두고 네팔로 떠났다. 경남 산청의 지리산에서 나무와 새와 꽃과 별을 노래하며 성장한 소년은 어느덧 삶의 높은 구비에서 히말라야의 설산을 찾아간 것이다. 소년에게 산은 기쁘거나 슬플 때 자신을 온전히 받아주는 안식처일 뿐 아니라 육체적이고 정신적인 버팀목이었을 것이다. 서울 강남에서 간혹 자신이 이방인처럼 느껴질 때, 지금 이렇게 사는 게 맞는지 우두커니 남을 때 그 시절의 별과 꽃과 나무와 새를 불러내 자신을 위로했을 것이다.

2019년 4월 9일 선생이 포카라 설산에서 쓴 편지가 날아들었다. 네팔 입국 후 약 스무날이 지난 시점이었다.

걸어온 굽잇길을 뒤돌아보니 고백할 길들이 뒤로 늘어서 있다.
이제 더 올라가려 하지 않고 고백의 길로
내려가야겠다.
이 중턱만큼의 동행도 행복하다.
내 영혼이 살아남는다면 이 시들이 그 몸이 아닐까 한다.

히말라야에서 스무날 이상을 걸어본 사람은 안다. 거대
한 침묵의 발자국이 매일 밤 이마를 밟고 갈 때면 아등바
등 살아온 자신이 얼마나 가엾고 초라한지를. 선생은 간혹
편지를 써서 보내고, 시를 적어 보내고, 사진을 찍어 보내
고, 영상을 촬영하고 음성을 입혀 보냈다. 코뚜레가 없는
그곳에서 걷고 마시고 읽고 쓰기를 부지런히 했다. 그동안
쫓기듯 살아온 모든 것을 내려놓고 비우고 오겠다는 말을
몸으로 열심히 실천하는 것 같았다.

선생은 내려놓고 떠나기에는 달인의 경지에 올랐는데,
유럽여행을 한 달 넘게 떠날 때도 초등학생 가방만 한 크
기의 가방에 몇 가지만 챙겨서 다닌 일화는 우리 사이에

회자된다. 나는 그 일화를 들은 이후 해외여행을 갈 때 짐을 배낭 하나에 담는 수련을 착실히 쌓고 있다. 선생의 가벼운 가방은 다 가진 듯 보여도 다 놓고 있는, 소유하고 있는 듯하나 쥐고 있지 않은 선생의 성정을 잘 말해준다.

설산에서 내려와 귀국한 선생은 우리가 가늠할 수 없는 행보로 드라마틱한 서사의 전개가 어떤 것인지 몸소 보여줬다. 우리는 그의 네팔행을 교직생활의 매듭 혹은 봉인으로 해석했으나 실제로는 해제이자 도약에 가까웠다. 선생이 총장 후보로 나섰다는 소식에 몇몇은 종잡을 수 없는 표정을 지었는데, 곧 절정-반전-결말의 극적 구성을 가진 흐름에 넋을 잃고 말았다.

선생은 고교 시절 총학생회장 선거 때도 보여준 막판 뒤집기의 실력을 대학 총장 선거에서도 유감없이 발휘했다. 나는 그동안 선생의 뜨거운 승부사적 기질을 옆에서 몇 번이나 체험했다. 2000년에 문예창작과 창과를 주도하고, 대학의 단일사업으로 가장 큰 예산을 투입한 국제문학 행사를 동아일보와 공동 주관하고, 한국문화기술연구소를 설립하여 남북한콘텐츠를 연구하고, 한국문예창작학회를 발족하여 학술등재지 선정 기반을 마련했다. 그리고 정년퇴직 시점에서 단국대학교 제18대 총장이 되었다. 1947년 개교 이래 첫 동문 총장이자 우리 대학 최초로 시행된 간선제 선출 총장이라는 기록까지 세웠다.

영화 같은 이 일을 지켜보며 나는 선생의 문청 시절 특이한 이력인 단역배우 시절을 떠올렸다. 1970년대에서 1980년대 얄개로 이름을 날린 청춘스타 손창호(영문과 재학)를 따라서 장비를 메고 촬영장을 누빈 이야기였다. 연기의 고충은 없고 오로지 무거운 촬영 장비를 메고 이산 저산을 오른 얘기를 들을 때마다 나는 박수를 치며 낄낄댔다. 계속 영화판에 남았더라면 우리 영화사에서 성격배우로 한 획을 그었을 거라는 믿음은 여전히 갖고 있다.

올봄 나는 선생이 쓰던 연구실에 책을 풀었다. 선가禪家에서 말하듯 바리때를 물려받은 것인데, 누군가의 표현을 빌리면 코로나 19 대홍수 시기에 노아의 방주에 가까스로 승선한 기분이다. 3층 연구실 창가에 서면 만개한 벚꽃이 발아래 흔들린다. 꽃가지에 앉은 박새의 귀여운 뒤통수도 보인다. 봄날의 화사함과 더불어 분홍 구름에 올라탄 듯한 부양감마저 든다. 하루는 선생이 연구실에 전화해서 창밖을 보라고 했다. 창가에 서자 선생은 길 아래에서 휴대전화를 들고 외쳤다.

"해이, 손 흔들어봐!"

손을 흔들자 선생은 휴대전화 카메라로 꽃구름 위에 선 내 사진을 찍어주었다. 그리고 웃으며 천천히 걸음을 옮겼다. 선생 좌우로 비서실장과 수행비서가 뒤따랐다. 온갖 꽃이 활짝 핀 봄날, 물이 찰랑찰랑한 안서호를 배경으로 시야에서 멀어지는 예순여섯 살 선생의 뒷모습에 불현듯 무엇인가가 보였다. 머리에 씌워진 그것은 가시면류관이었다. 돋아난 가시는 푸르고 굵었다. 나는 창에 이마를 대고 선생의 시 중에서 유일하게 외우는 「누군가 말했다」를 가만가만 외웠다.

누군가 말했다
나뭇잎이 제 몸을 떼어내
땅에 입을 맞추는 것은 어린나무로
다시 태어나기 위해서라고,
제 몸의 무지개를 다시 보기 위해서라고,

누군가 말했다

한 알의 밀알이 땅에 떨어져

썩지 않으면

한 알의 밀알로만 남아

제 몸속 바람의 향기로운 숲을 이룰 수 없다고,

누군가 말했다

우리가 우리, 서로의 몸을 기대고

숲을 이루고 살아가는 것은

아직도 노래 불러야 할

새벽이 있기 때문이라고,

누군가 말했다

강물이 평생 달려가 저녁 바다에 몸을 누이는 것도

저녁 바다의 나누지 못한

사랑 이야기가 들리기 때문이라고

바다 언덕의 못다 한 이야기가 남아 있기 때문이라고,

누군가 아직도 말을 걸어오고 있기 때문이라고,

한 사람이 떠난 자리

한 사람이 떠나고 남은 자리에는 무엇이 남을까? 지상에서 14개의 계단을 밟고 내려가야 닿는 반지하 원룸. 단지 책상이 두 개 있고 그 주변으로 무수히 붙어 있는 메모지…. 이제 그 글을 쓴 주인은 사라지고 오직 메모지에 쓴 문장만이 머물던 사람의 흔적으로 남은 곳.

신문에 게재된 소설가 정미경의 집필실을 보자마자 탄식이 새어 나왔다. 내게는 '정 선배'라는 호칭으로 익숙했던 그는 올해 1월 간암으로 세상을 떠났다. 밤에 부음을 듣고 나는 한동안 정신이 멍했다. '입원'이나 '병중', '위독'의 절차를 단숨에 건너뛴 '운명'이었다. 그 어떤 전조와 징후를 몰랐기에 주변의 많은 사람이 당혹스러워했다.

부음을 듣고 잠자리에 누웠다가 몇 번이나 자리에서 일어나 앉았다. 새벽녘에는 잠깐 눈물을 흘렸던 것 같다. 아무런 내색 없이 혼자 아파했던 방식이 왠지 선배다웠고 이별의 전달 또한 그에 걸맞았다. 무엇보다 초고를 완성해놓고 마무리 짓지 못한 작업들이 안타까웠다.

정 선배는 '서사구조의 고전적 안정성, 미묘한 정서를 전하는 섬세한 문체, 존재와 삶을 응시하는 강렬한 시선'으로 문단의 특별한 평가를 받았다. 여성 작가로는 드물게 선이 굵은 서사성과 메시지를 갖춰서 나는 강의실에서 선배의 작품을 즐겨 다뤘다. 소설뿐 아니라 사소한 글에도 토씨 하나까지 치열하게 깎고 다듬는 공력이 고스란히 느껴졌다.

우리는 작가 모임을 통해 몇 번의 여행을 함께 했다. 2010년에는 소설가들과 화가들이 거제도를 방문한 적이 있는데, 행사가 끝나고 모두 흥에 겨워 우르르 노래방으로 몰려갔다. 지적이고 침착한 평소 인상과는 달리 선배가 가장 먼저 마이크를 잡았다. 빠른 리듬의 노래와 파격적인 춤은 동석한 작가들을 열광의 분위기로 몰아넣었다. "소설을 쓰지 않았다면 댄서가 됐을 것"이라는 말로 좌중을 일제히 쓰러뜨렸다.

2011년 초 내가 두 번째 소설집으로 문학상을 받았을 때 선배는 시상식에 직접 참석하여 귀한 영국 차茶를 선물로 주었다. 나는 장편이 없다는 부끄러움에 한창 시달릴 때였다. 봄이 지나자 대학 교직원 신분이었던 나는 사표를 내고 첫 장편을 쓰기 위해 들어앉아 그 차를 마시며 글을 썼다.

그해 여름 해군의 초청을 받아 몇몇 문인과 잠수함에 승선했다. 해군 기지로 들어가는 버스 안에서 선배가 내게 물었다.

"원고를 얼마나 썼어요?"

"350매 정도 썼어요."

1000매 분량으로 계획한 장편이 생각만큼 속도가 나지 않아서 답하는 목소리에 힘이 없었다.

"그럼 거의 다 쓴 거예요. 500매면 다 쓴 것과 마찬가지고. 언덕을 굴러가는 눈덩이처럼 나머지는 소설이 알아서 써주니까."

선배의 말투는 또렷하고 명확했다. 어느 정도만 밀고 나가면 내가 힘들여 억지로 쓰는 게 아니라 소설이 알아서 스스로 써준다는 말에 나는 턱없이 감격했다. 높은 산을 오를 때 정상을 밟고 내려오는 등산객이 "거의 다 왔다"고 말해주는 청량한 인사처럼 그 어조는 듣는 사람에게 알 수 없는 위안과 확신을 주었다.

2015년 중국 쓰촨성에서 개최된 한중작가회의에 참석하여 일주일간 청두 부근을 함께 여행했다. 다음 해엔 한국 측에서 중국 작가들을 초청하여 경북 청송에서 행사를 열었는데, 심포지엄이 끝나자 일부 작가들은 먼저 서울로 올라갔고 나는 남아서 중국 작가들의 한국문화 체험을 이틀 더 안내해야 했다.

선배 작가들이 버스에 오르기 전 먼저 가서 미안하다며 마무리를 부탁한다고 말했다. 정 선배는 아무 말 없다가 두 손바닥으로 내 등짝을 힘껏 후려쳤다. 너무나 갑작스러운 일격이어서 주위 사람들 모두가 웃음을 터뜨렸다. 그 '등짝 스매싱'은 행사 마지막까지 힘을 내라는 강력한 메시지였다. 놀랍게도 축 처진 어깨에 힘이 돌았다.

발인 전날 찾아간 장례식장은 조용했다. 선배의 영향력에 비해 조문객은 그리 많지 않았다. 많은 사람에게 곁을 주는 스타일이 아니고 그나마 병을 알리지도 않았다는 걸

알게 되었다. 큰아들 결혼식을 마치고 나흘 만의 죽음이어서 분위기는 침통했다. 지난 주말 결혼식 하객이 대부분 조문객으로 참석했고 대부분은 신문을 통해 부음을 접했다.

선배는 말기암 판정을 받자 치료를 거부하고 나머지 시간을 가족과 함께 보냈다. 서둘러 앞당긴 큰아들 결혼식 당일 성장盛裝까지 마쳤으나 짙어진 병색이 하객들에게 실례가 될 것을 염려하여 식장에 가지 않았다는 말을 전해 들었다. 내가 알던 소설가 정미경이었다.

서울대 성악과 교수들이 고인이 평소 좋아하던 〈넬라 판타지아〉를 조곡用哭으로 불렀다. 한 걸음 앞에서 다섯 명의 성악가가 만들어내는 웅장한 화음을 들으니 눈물이 흘렀다. 그것은 아름다움이었을까, 슬픔이었을까? 아니 아름다운 슬픔이었을까, 슬픈 아름다움이었을까? 선배가 꿈꾸던 삶을 노래가 대신 표현해서일까, 아니면 노래가 선배의 유언을 우리에게 대신 전해서일까? 나는 선배에게 문예지에 연재를 마치고 출간하지 못한 장편과 초고를 마치고 퇴고 중인 다른 소설이 있다는 사실을 알았다. 완벽주의자인 선배가 분명 마지막 순간에 그 미완의 글들을 떠올렸으리라 생각하니 눈물이 그치지 않았다.

지난 17년간 10여 권의 저서를 탄생시킨 반지하 집필실에서 남편이 발견한 메모지에는 이런 손글씨가 남겨져 있었다.

책을 끝내는 것은 아이를 뒤뜰로 데려가 총으로 쏴버리는 것과 같아.

작가 아닌 사람이 보면 섬뜩할 글이다. 하지만 내게는 이 말의 아픔이 고스란히 전해진다. 위트 넘치는 유머로 좌중을 웃기고, 하늘거리는 스카프처럼 춤을 추던 선배는 자신의 지하방에서는 누구보다 비장했을 것이다. 볕이 들지 않는 그 방의 어둠보다 더 어두웠을 것이고, 책상 귀퉁이에 버려진 몽당연필 한 자루보다 더 고독했을 것이다. 그곳에서 더는 내려갈 수 없는 바닥까지 잠수하고 잠수했을 것이다.

그러나 나는 알고 있다. 선배가 우리에게 남겨준 자리는 마지막 그 노래처럼 환하고 기운차다는 것을. 바로 그 골방에서 이 난감한 현실에 굴하지 않는 인물들이 창조되었고 그 인물들은 여전히 책을 펼치면 살아 있기 때문이다.

기억 속의 선배는 언제나 당차고 유쾌하며, 많은 사람은 아직도 그를 그렇게 기억한다.

이 글을 쓰는 동안에도 우리가 함께했던 시간을 떠올리면 입가에 웃음이 맺힌다. 환상 속에서 선배는 손바닥으로 느닷없이 내 등을 내리치며 말한다.

"마지막까지 힘내!"

정말 기운이 났다고, 고마웠다고 말하지 못한 게 못내 아쉽다.

스스로 등불이 되어 갈 뿐

1. 스승은 운명

단순화하기는 어려우나 불가佛家에서는 각자覺者가 되는 법을 크게 두 가지로 나눈다. 하나는 경전을 익히고 깨닫는 과정을 거쳐 궁극에 이르는 것이고, 다른 하나는 즉심卽心과 돈오頓悟를 통해 부처의 마음에 곧바로 뛰어드는 것이다. '교敎'와 '선禪'으로 분화 발전된 이런 계통에서도 강사講師와 선사禪師의 역할은 학인學人에게 절대적이다. 부모 자식의 연을 6백 생, 형제자매 간을 7백 생으로 여긴 것에 반해, 사제지간을 8백 생이라고 한 것만 봐도 가르침과 배움의 관계가 얼마나 까다롭고 어려우며 소중한지 짐작할 만하다.

새삼 내가 학교에서 받은 문학교육을 돌이켜보니 "스승은 운명이다"라고 말한 알베르 카뮈의 고백이 떠오른다. 청각 장애가 있는 어머니 슬하에서 가난하게 성장한 카뮈는 스승 장 그르니에를 만나지 않았다면 세계문학에 지대한 영향을 끼치는 작가로 대성하기 힘들었을 것이다. 한 사람의 생애를 바꾸어놓는 스승을 만난다는 건 얼마나 고귀한 일인가. 그리고 한 개인의 미래를 이끌어주는 수업을 받는다는 건 얼마나 운명적인 일인가.

2. 뇌관을 건드린 불꽃

1992년 만 열아홉 살, 송하섭 선생님을 처음 뵈었다. 대학 1학년 1학기 월요일 3~4교시 〈문장론〉 수업 때였다. 선생님은 첫 수업에서 강의가 끝날 무렵, 백묵을 들어 칠판 한가운데에 단어 몇 개를 쓰고 나가셨다. '여행', '어머니', '여가'. 이를 소재로 매주 원고지 20매 내외의 글을 한 편씩 지어오는 것이 과제였다.

작문을 위해서는 끝없이 문장을 지우고 다시 써야만 했는데, 나는 그 작업이 더없이 행복하고 즐거웠다. 연습장 위에서 지저분하게 번져나가던 흑연 가루들이 나를 자유롭게 하고 한 편을 완결할 때마다 내 정신의 키는 한 뼘씩 성장했다. 중간고사와 기말고사에는 더 긴 분량의 작문을 제출했는데, 한 학기가 15주니까 지금 생각해도 적지 않은 분량의 과제물이었다.

다음 주가 되면 선생님께서는 대략 다섯 편의 글을 선정하여 읽어주셨다. 동급생들의 작문 실력은 놀라웠다. 각자 고교에서 갈고 닦은 내공이 여간 아니었다. 글이 발표될 때마다 학우들은 감탄하며 서로에게 갈채와 찬사를 아끼지 않았다. 선생님은 모든 과제물에 자신의 감상과 보완할 점 등을 친필로 적어 주셨다.

그러나 월요일이 거듭될수록 예상치 못한 일들이 불거졌다. 지난주에 발표된 네댓 명의 작문이 다시 선택되는 일이 반복됐다. 선택된 자들이 일말의 안도와 성취를 느끼는 동안 나머지 학생들은 입술을 깨물며 치기 싫은 박수를 쳐야만 했다. '박수부대원'으로 전락하지 않기 위해서는 오로지 최고의 문장을 쓰는 일 외에 방도가 없었다.

곧 일주일의 생활이 월요일을 중심으로 돌아갔다. 문장에 대한 우리들의 관심은 지대했고, 수업은 그만큼 흡인력이 강했으며, 그것은 봄의 열기와 뭐든지 열심히 하려는 신입생의 저돌성이 기묘하게 맞물려 가열됐다. 나머지 요일은 월요일에 제출할 작문 과제에 바쳐졌다. 월요일 오후는 〈체육〉 시간이었는데 그 강의에 관심을 가진 학생은 그리 많지 않았다. 〈문장론〉 수업이 끝나면 대부분 술집으로 몰려가 늦은 밤까지 이미 쓴 글과 새로 쓸 글에 관해 얘기했다.

선생님은 우리 네댓 명을 당신의 연구실로 자주 부르셨다. 그리고 우리의 눈동자를 찬찬히 바라보며 칭찬과 격려를 아끼지 않으셨다. 글을 쓰면 어떤 기쁨과 보람을 갖게 되는지 상세히 설명하셨다. 몇은 겸연쩍게 웃으며 손사래를 쳤고, 몇은 두려우면서도 그 말씀들을 가슴에 담았다. 특히 선생님께서는 내 글을 읽으시면 자주 이렇게 말씀하셨다.

"자네, 이번 작문 말이야, 아주 좋아요! 아주 좋아!"

3. 위로의 주문呪文

곧 나는 학과 내 문학회와 동인회에 가입하여 활동을 시작했다. 월요일과 금요일 주 2회 모이는 문학회에서는 독서토론을 하고 이론을 공부했으며, 동인회에서는 수요일마다 합평회가 꾸준히 열렸다. 당시에는 몰랐지만, 그들과 의견을 교환하고 공부하며 술을 마셨던 경험은 훗날 더없는 창작의 토대가 되었다. 주말에도 학교에 모여 책을 읽었고 방학 중에는 스터디 모임을 조직해 문학의 끈을 놓지 않았다.

〈문장론〉 수업이 끝난 후에도 나를 포함한 몇몇 친구들은 간혹 습작품을 들고 송하섭 선생님의 연구실 문을 두드렸다. 선생님께서 늘 우리를 기다린다는 사실은 알고 있지만 생각만큼 자주 글을 쓰지는 못했다. 쓰고 나면 어딘가 모자라고 불완전한 느낌부터 앞섰다. 작품 평을 듣기 위해 연구실로 향할 때면 까닭 없이 망설여지고 주눅부터 들었다. 그러나 선생님께서 빠르고 경쾌한 말투로 이렇게 평을 하시면 마음이 다시 활짝 피어나 창작욕이 들끓곤 했다.

"이번 글 말이야, 아주 좋아요!"

'아주 좋다'는 이 두 마디 외침은 습작의 어려움과 두려움을 단번에 불식시키는 위로의 주문呪文이었다. 이 칭찬을 듣고 나면 나는 울렁이는 가슴을 진정시킬 수가 없었다. 그래서 연구실 문을 닫고 나오는 순간부터 인문대 3층 복도를 전속력으로 뛰고는 그 뜨거움을 감당하지 못해 운동

장까지 단숨에 달음박질쳤다.

그 후로 선생님은 나의 '뉴스 통보 0순위'가 되었다. 전국 대학 문학상을 받을 때, 졸업 후 문학 연구원에 합격할 때, 등단할 때, 문학상 수상 통보를 받을 때도 나는 누구보다 먼저 나의 '주술사呪術師'를 떠올렸다. 아니 그 주문을 갈망했다. 선생님은 내게 끝없이 엄지를 내밀어 정진의 탄력적 주술을 걸었던 셈이다.

지금도 나는 소설 쓰기가 무섭거나 집필 중인 글을 과연 끝낼 수 있을지 회의에 빠질 때면 자기 최면을 건다. 나름대로 마인드 컨트롤mind control을 하는 것이다.

'너는 지금 문장론 수업의 한 가운데에 있다. 두려워 말자. 새로운 월요일에 이 글은 발표될 것이고 언제나 그랬듯 네 글은 아주 좋다는 칭찬을 받을 것이다. 아주 좋다는!'

4. 다만 스스로 등불이 되어 갈 뿐

2020년은 내가 작가가 된 지 20년이 되는 해였다. 스무 해 동안 이 동네에서 멀리 도망가지 않은 스스로를 기념하기 위해 장편 『탑의 시간』을 출간했다. 이 작품은 내가 구현하고 싶은 머릿속의 이미지와 스토리가 비교적 충실하게 담겨서 그간의 저작물 중 만족도가 높았다. 주변에 책을 발송하는 마음이 환하고 기쁨으로 가득했다.

선생님은 책을 받으신 다음 날 길고 섬세한 문장의 감상평을 보내주셨다. 새벽에 일어나셔서 책을 읽으시는 고요한 모습이 눈에 선했다. 여든이 넘으신 선생님의 평을 읽으며 나는 문득 목이 메었다. 가만히 돌이켜보니 열아홉 살 때부터 선생님은 늘 먼저 전화를 주셔서 안부를 물으시고 새해와 명절에는 직접 붓글씨로 쓴 글귀를 보내주셨다. 늘 밥과 술을 사주시며 새로운 활력과 부지런한 정진을 당부하셨다. 그리고 잊어서는 안 될 것들을 늘 상기시켜주셨다.

문학 작품이 천재의 영감과 광기에 의해 탄생하는 비의적 산물이라고 믿는 이들은 학교의 창작 교육을 신뢰하지 않을 수 있다. 실제로 우리 전 세대만 하더라도 전쟁과 가난을 겪으며 공교육을 중퇴한 작가들이 빛나는 작품을 양산하여 한국 문학사를 수놓기도 했다. 그러나 형태가 다를 뿐 그분들에겐 오늘의 좁은 교실보다 더욱 절절하고 생생한 가르침의 현장과 스승이 존재했을 것이다.

어쩌면 문학교육이란 쉽게 잊고 마는 것들에 대해 일침

을 가하는 것이 본령이고, 실제 이를 기반으로 종합하고 예술적 결과물로 끌어올리는 작업은 온전히 창작자의 몫이다. 불가佛家에서도 대장경은 다만 학인學人을 진리의 문 앞까지만 인도할 수 있을 뿐 직접 눈으로 보여줄 수 없다고 했다. 그 문을 열고 안을 보기 위해서는 결국 본인이 창조적 심지를 돋우어 등불이 되는 수밖에 없다. 훌륭한 선생이란 이렇게 혼자 불을 밝히며 가야 한다는 사실을 스스로 알도록 돕는 분이 아닐까.

에세이를 처음 묶는 마음은 유독 크고 둥글고 환하다. 문장의 결마다 지난날의 파안대소와 전전긍긍, 환호작약과 앙앙불락이 눈에 선하다. 소설을 출간할 때에는 늘 에너지가 고갈되던 것과 달리 에세이를 펴내는 지금은 모든 것이 양호하고 충만하다.

　내 글은 스스로가 모자란다는 것을 아는 데서 시작되었다. 사람들은 내가 여행을 좋아하는 줄 알지만 실은 뭔가 부족해 여기저기를 헤매고 다녔다. 또 사람들은 내가 소설을 좋아하는 줄 알지만 실은 어딘가 미흡해 붙잡고 또 붙잡는 쪽에 가깝다. 그 부족과 미흡이 나를 이곳으로 데려왔다.

　그러나 이것만은 명백하다. 나는 문학을 통해 소중한 것을 배우고 뛰어난 분을 만났으며, 전보다 훨씬 더 나은 사람이 되었다. 이 책에 실린 글은 그렇게 배우고 만나고 알게 되기까지의 편린이다. 1장은 바다에 관한 상념이 테마이고, 2장은 작가생활의 에피소드가 중심이다. 3장은 특정 시기의 편지 몇 통을 골랐고, 4장은 한 뼘 분량에 담은 사연을, 5장은 깊은 인상을 남긴 분들을 선별했다.

우리 안에 들어온 것들을 모두 기억하기란 불가능하다. 하지만 그것들의 이름을 잊었다고 해서 그 순간의 감각까지 잊히는 것은 아니다. 오늘이 다소 행복하고 때로 은혜롭다면 기억나지 않은 그것들이 유효하게 작용한 덕분이다. 작가생활 스무 해 만에 '해이수 에세이'를 갖게 해준 뮤진트리에 감사를 전한다.

2021년 3월 춘분 근처

해이수

기억나지 않아도 유효한

첫판 1쇄 펴낸날 2021년 3월 23일

지은이 | 해이수
펴낸이 | 박남주

종이 | 화인페이퍼
인쇄·제본 | 한영문화사

펴낸곳 | (주)뮤진트리
출판등록 | 2007년 11월 28일 제2015-000059호
주소 | 서울시 마포구 토정로 135 (상수동) M빌딩
전화 | (02)2676-7117 팩스 | (02)2676-5261
전자우편 | geist6@hanmail.net
홈페이지 | www.mujintree.com

ISBN 979-11-6111-064-6 03810

• 책값은 뒤표지에 있습니다.